# 喜歡的人是山中一隻鬼

文 Misa

悅知文化

# 目錄

# 土地公殺人了!?

古語知在信箱看見一封署名為自己的信。

在這個就連帳單都電子化的時代，除了宣傳DM以外，就幾乎不會有人寄實體信件了。

所以當她看見那張手寫著「古語知」三個字的信躺在信箱裡時，一時之間還有點興奮，她在腦中飛快地想了一些可能的人選。

然而，當她看見那字跡陌生，且寄件的地址是個從沒去過甚至沒聽過的偏遠地方時，第一個念頭便是詐騙。

可是打開信件後，又不確定是不是詐騙了，只能確定就是一個惡質的玩笑。

親愛的語知，外公來日不多了，請回村裡一趟吧。

就這樣短短的一句話，而且還是用毛筆所寫，看起來不僅怪異也令人不舒服。

最重要是，古語知的外公早就不在了。

於是當天晚上，古語知把這件事情當作笑話告訴了爸爸，並痛罵開玩笑的人不得好死。爸爸聽完後卻蹙眉，拿著那封信看了許久，又看了信封上的地址。

「這真的是妳的外公。」他說出了令人瞠目的話。

「可是、可是不是說外公已經過世了？不是說媽媽那邊都沒有家人了嗎？」從小到大父母就是這樣告訴古語知。

像是媽媽的家人在一場意外後過世，媽媽失去了所有親人，所以他們往來的親戚全部都是爸爸那邊的。

「妳媽媽那邊比較……麻煩一點，最後也是妳外公要她離開，還要妳媽媽當做沒有娘家的存在，妳媽媽雖然萬般不捨，但也聽從外公的囑咐，自此之後都把自己當作無父無母的人。」爸爸搖頭嘆氣，把信折了起來遞還給她。

「所以爸爸你也見過……外公嗎？」講出這個以為早就離世的稱謂，讓古語知有些彆扭。

「見過一次，那一次是去帶妳媽離開的時候。」爸爸皺了眉頭，這些話埋藏在他心裡多年，久到彷彿都變成上輩子的事情，沒想到有一天會說出口。

「到底是怎麼回事啊？」古語知思緒好亂。

爸爸嘆口氣，娓娓道來這一切。

爸媽是在大學時期認識的，媽媽說自己來自很偏遠的東部山區，那地方爸爸根本沒聽過。而媽媽也很少回家，幾乎只有寒暑假這種比較長的假期才會回去一趟。後來爸媽相戀交往後，媽媽更是鮮少回去，就連寒暑假也會住在爸爸的租屋處。

畢業以後，兩人決定北上找工作，一同找好了北部的租屋，也陸續找到合適的工作後，某天媽媽卻說，她要永遠離開家裡了，並且希望爸爸跟她回去見外公一面。

「妳媽住的地方真的很偏遠，我根本料想不到那邊會有人居住。而妳外公是那個村的村長，看起來不苟言笑也很嚴肅，可是對妳媽媽卻很溫柔。」

爸爸說起當時的事情彷彿歷歷在目，然而在看到那封信以前，爸爸甚至忘記了這段過去，就好像記憶蒙上了一層布，直到此刻才掀開來。

當時的外公打量了爸爸後，便對媽媽說：「出去了便不要再回來。」爸爸以為外公生氣了，氣自己相依為命的女兒要遠離家鄉。於是還求情著，說他會時常帶媽媽回村裡，同時也說他是認真要和媽媽交往甚至走一輩子的。

但是外公只是冷眼看著他，然後堅定地要他們離開，永遠不要回來。

「而妳媽媽也全然接受，甚至沒有半點疑問，就這樣子我們離開了，我一直以為有一天會回去，但後來我們從未有過要回去的念頭……」爸爸頓了下，「為什麼我到現在才想起來這些呢？就好像妳媽媽真的無親無故一樣……」

「好奇怪，如果真的都沒有往來的話，那外公怎麼知道我的存在，甚至知道我的名字呢？」古語知皺眉，覺得十分弔詭。

「這也沒什麼好奇怪的，如果妳外公真的有心想要知道我們的去向，

去戶政調個戶口名簿就知道了，畢竟他可是妳媽媽唯一的親人呢。」

「說的也是。」古語知讚嘆爸爸的理性，這樣會知道地址也就不奇怪了。「那這封信要怎麼辦？」

「妳外公一定知道媽媽不在了，所以才會署名給妳。」爸爸一陣感傷。

媽媽在幾年前過世了，但要說是因病還是因為意外呢？

那天媽媽和朋友一同登山，明明是健康步道等級的矮山，但是媽媽卻失蹤了。媽媽的朋友說，他們不過就是停在一個石頭邊休息，兩個人彎腰拿水跟餅乾罷了，再抬頭，媽媽就不見了。

他們找了好久，天氣晴朗、萬里無雲，登山步道也有其他的登山者，怎麼可能一轉眼就不見。最後沒辦法，只能報警，大家都不敢相信稱不上是「山難」的意外，會發生在連孩子都能來的地方。

然而，無論他們怎麼找，都沒有見到媽媽的身影。三天後，卻在另外一座山的溪邊發現了媽媽。

這件事情當時還上了新聞，失溫又脫水的媽媽根本不知道自己怎麼到那裡，她沒有記憶，時間也錯亂著，幾天後媽媽便過世了。

她的身體沒有問題，即便失溫，在醫院的細心照料之下也很穩定，可就不知道為什麼還是過世了。死亡證明上頭寫的是心臟衰竭，但是怎麼造成的也沒有答案。

古語知還記得當時新聞的標題寫著：「被魔神仔牽走的婦人」。什麼年代的，媒體新聞主動帶頭怪力亂神這一點，一直讓古語知耿耿於懷。警消團隊甚至還有去拜當地的土地公，但說也奇怪，早上拜拜，下午就找到媽媽了。

不過，古語知把它歸類在巧合。她並不是無神論者，只是牽扯到自己家人時，她希望一切都可以有科學解釋，也不要在玄學中找尋解答。

「媽媽的新聞鬧那麼大，外公當時也沒有關心，現在來這一封信只因

為自己要死了……」

「那個地方真的很偏遠，雖然我已經是好多年前去拜訪了，可是我想到現在應該也沒有改變，有可能妳外公根本不知道媽媽過世了的事情。」

「總不可能連網路或電視都沒有吧。」

「我想應該真的沒有，他們甚至連手機都不會用吧。」爸爸的話對於生在現代的古語知來說是很不可思議的。

「那……我要過去嗎？」

「我雖然只見過妳外公一面，但他的確是個很愛妳媽媽的人。」爸爸還記得當時與媽媽離開村莊時曾經不經意的回頭，看見了外公嬌小的身軀站在入村口那，看著他們直到最後一刻。

「愛媽媽的話，怎麼會要她不回去呢，無法理解。」

「那個村有一種奇怪的感覺。」忽然爸爸又想起了其他事情，「不是不好的，很像是一種……很難形容的，好像那村莊、那山林都是『活著』的。」

「我的天啊，爸爸，你要不要聽聽看你在講什麼？」古語知驚呼。

「怪力亂神吔！經過媽媽的事情，爸爸你居然還說這種話！」

明明那時候他們兩個都很氣新聞媒體下的標題，還抗議過好幾次，諷刺的在流量面前，家屬的心情好像都不重要一樣。

「這不是很奇怪嗎？我直到現在才想起來那座山、那座山林、還有那村子跟外公……我為什麼會直到現在才想起來？」爸爸一邊說一邊看向一旁的信件，然後推了一下自己的眼鏡，「直到看到那封信才想起來……」

「好了好了，停止爸爸你的無聊亂想！」古語知趕緊阻止這一切，「反正我也要放暑假了，我就過去看看吧。」

「我帶妳一起回去吧，這麼多年了，我也得回去打聲招呼。」爸爸看向一旁媽媽的照片，「也要帶妳媽媽回去一趟……」

「這樣當然最好了，速戰速決快點回去然後回來。」古語知用手機搜尋了信封上的地址，「爸爸也停止你的怪力亂神吧。」

爸爸只是微笑，沒有多說什麼。

◇◇◇

古語知在網路上稍微尋過這座村莊。

媽媽來自一座名為島山村的村莊，這裡十分神祕，連街景車都進不去，照片也只有一張寫有村名的石碑與入口，看起來應該是在深山的原始村莊。

「查不到什麼關於村裡的事情呢。」在車上時，古語知一邊搜尋著一邊皺眉。

「就說了那裡很神祕，當初我也查過。」

「爸爸那時候的查是怎麼查？報紙嗎？」

「報紙和文獻都沒有。」爸爸皺眉，似乎覺得古語知在暗諷他老了。

就這樣子，兩個人在週末駕車啟程，一路上都還算順暢，下了交流道後順著導航往山上開去，一開始周圍還能看見零星的商家或是住家，但隨著越往深山裡走，周圍的風景越是壯麗與偏僻，就像是進入了完全的大自然一般。

爸爸忽然停了下來，原來是他們的眼前沒有路了，周邊都是樹木與草地，像是只有電影才會出現的森林。

「我們迷路了嗎？」古語知看著汽車導航，連導航都已經停擺了，「手機也沒有訊號吔！」

爸爸皺眉看著前方，忽然說道：「看起來妳得一個人去了。」

「什麼啊，爸爸，我一個人是要去哪？」古語知怪叫。

「我記得就在這附近了，這裡給我的感覺，就像當時的村莊一樣。好像都活著……」爸爸有些神經質地左右張望，看起來像是中邪一樣。

「別鬧了爸爸，我們倒車回原路離開就好。」

「不，就是這裡了。妳把東西拿一拿下去吧。」說完，爸爸還真的就從後座拿起古語知的背包往她身上丟去。

「等一下！爸爸，你在幹什麼啦！」古語知的身上被丟來了好多東西，還有她的帽子跟水壺等，「你瘋了喔！」

「妳外公或許只准許妳回去，別擔心，他是一個好人，一定會很疼愛妳的。」爸爸伸手拉開了副駕駛座的車門，將古語知推出副駕駛座，「我可以感覺到森林要我離開，只准妳進去。」

古語知望向天空，只感覺到樹葉晃動得很，像是遮蔽了天空一般，不過這或許是歸咎風大，此刻的風的確很大。氣溫異常涼爽，不到刺骨，只是在這盛夏，就算身處森林，也不可能如此涼風。似乎還有霧氣繚繞著，可這霧很不尋常，就像是只包圍車子一般。

「等一下、喂！爸爸！」古語知副駕駛座上的行李一起被丟下來，然後爸爸還解開安全帶，一手撐在副駕的座墊上，另一手還過來關起車門。

「放心，時候到了我會再過來接妳！」爸爸說完後還關起中控鎖準備倒車。

「喂、喂！不是吧！爸爸，我們不是說好當天來回嗎？」古語知立刻用力拉著車門，但發現已經被鎖起來了，她瘋狂拍著車門，「你怎麼會知道什麼時候到了？」

「我會知道的！」爸爸說完立刻踩下油門，像是落荒而逃一般。

「爸爸！」古語知站在原地大叫，不敢相信爸爸居然把她丟下了。

瞬間，爸爸的車子就已經消失在這一片綠意盎然的森林之中，連帶剛才那些異象也消失了。

「不是吧……」

遠方彷彿起了霧氣，將車子行經過後留下的痕跡都抹去，連引擎的聲音都被蟲鳴鳥叫給蓋過，留下了傻眼到不行的古語知。

「啊！」她憤怒地大叫，用力踩了好幾下地面，手指插入了髮根後用力搖頭。

她簡直不敢相信，明明是和爸爸一起來見外公，卻被臨時丟包。她的包裡可沒有什麼能過夜的物品，被丟在這樣的深山她一定會死！

「爸爸是中邪了還是怎樣？不不不，根本沒有中邪這種事情，爸爸只是瘋了，想起過去的事情太過刺激。他等一下就會過來接我，對，沒錯，我要冷靜。」

她努力說服自己，並且重新把長髮綁成丸子頭，然後穿上了外套後噴了一些防蚊液，接著喝了口水，拿出手機再次企圖找尋網路。

「怎麼可能這種時代還有收不到網路的地方！沒有網路就算了，連訊號也這麼差！」她碎念著，耳朵一直嗡嗡作響。

她從來沒有聽過這麼大聲的蟲鳴鳥叫，彷彿耳膜都要被他們震聾了一般，環顧四周，樹葉因風而沙沙作響，風像是有意識地圍繞著她的身體轉

一般，風中還有著清甜的味道。

忽然間，蟲鳴聲停止了，就像是被關了靜音鍵一樣，戛然而止。而群鳥飛舞，拍動翅膀的聲音，就像是恐怖電影一般令人不安。就在古語知略微有些不安，往後靠上了樹幹的時候，她忽然覺得樹木好似有溫度的溫暖。

一股安心感油然而生，紊亂的呼吸與加快的心跳都得到和緩。

「妳是古語知嗎？」一個聲音突兀地出現，讓古語知嚇了一大跳。

「哇！」

「抱歉，我不是故意要嚇妳的。」一個皮膚白皙的男生站在樹後，他的頭髮隨風飄逸，眉清目秀地，露出了抱歉的神情。

「你、你怎麼知道我是誰？」

「外公請我來接妳的。」

「外公？」古語知大叫，「他怎麼知道我來了？」

「欸，這很難解釋。」男生抓了抓後腦，然後看了下四周，「我們先走吧。」

「走？這一片樹林是要走去哪？很遠嗎？那邊有電話嗎？我要叫我爸爸回來接我！」

「不行啦！」男生忽然大叫。

「什麼不行？難道我要不要離開也得經過你的允許嗎？我要回去了！」

古語知覺得很不對勁，該不會是什麼人口販賣的地方吧？糟糕了！這裡叫天天不應、叫地地不靈，要是眼前的男生用蠻力壓制的話，古語知沒有自信自己能抵得過。

「妳不是不能回去，抱歉，是我說話的方式不對，我太急了。」眼前的男生一手扶住額頭，搖頭嘆氣道：「抱歉，我們重來，我叫作夏至宇，一直跟在妳外公身邊……算是照顧他？雖然信上寫的是外公快不行了，

但其實妳外公已經……不在了。」

「不在了？這是什麼意思？死了嗎？」

「是過世了。」夏至宇不是很高興古語知用那種說法。但沒辦法呀，古語知就只是下意識地反應，畢竟她對外公一點感情也沒有呀。

「我說話方式不對，我道歉。」古語知皺眉，「但這樣我就不懂了，外公信上感覺是想見我一面，如果他已經不在了，那我就沒有必要過去了吧？」

「外公留了東西要給妳。」夏至宇低聲說著，「妳得過來拿。」

「留了東西？」

「正確來說，應該是要留給妳媽媽的，但是種種原因，加上妳媽媽也不在了……」夏至宇露出傷感的表情，「妳是與外公有血緣關係的最後一個親人。」

聽到這句話，正常人都不會狠心離開了。想著外公在最後臨終時刻，

媽媽與自己都不在身邊，那有多孤單啊。

「我知道了。」古語知這麼說，「我就過去吧。」

「太好了！」夏至宇喜出望外，好看的五官笑起來更加迷人了。

「但是！等我拿完以後，就要讓我打電話給爸爸，請他來接我。」

「……可以。」夏至宇雖然答應，但回答得很沒有自信。

古語知也管不了那麼多了，跟在夏至宇的身後，就這樣往森林的更深處走去。

◇◇◇

「對了……你說你照顧外公……你也叫他外公。我原本以為我們是親戚，但是你剛才又說我是唯一的血脈，那你是……？」

「我喔，就是跟在外公身邊，照顧他的人。」夏至宇說得含糊，「村

裡的大家都很親近，其實也都像是家人一樣，妳見到了就知道了。」

「……」光是剛來就被爸爸丟包，還有爸爸講的一團怪話，還真的讓古語知對這個村莊起不了什麼好感呢！

他們繼續走在這一片看似沒有盡頭的樹林之中，但神奇的是，她感覺不過是撥開了眼前的一整片樹葉，忽然村莊的入口就出現在眼前。

「咦？」一種神奇的空間錯置感襲來。

她看見了在網路瞧見的石碑上有著「島山村」的字樣，眼前蜿蜒的步道向前蔓延，而站在入口處，就能看見裡頭有許多單伸手建築，但絕大部分都是三合院。古語知曾經在大學的選修課見過其他學生介紹，關於臺灣傳統的民宅建築。

「一條龍」便如同數字一，中間為大廳，以大廳為主，左邊大房、右邊二房，也可以繼續加蓋發展，若是左右各加蓋一間，則為五間起。

「單伸手」整體如L字型，只有單邊護龍，護龍便是與「一」的建築

垂直的建築，稱為護龍。單伸手是的屋宅護龍通常是蓋在左邊，內有一廳、一房、一院、一廚。

「三合院」最廣為人知，整體型態如「ㄇ」字型，正身的左右均有護龍，院子則落在正中央，具有維護的功能。

「四合院」型態則如「口」般，私密性高，簡單說起來就是做了一道大門。

「沒想到，這裡還有這麼多傳統建築存在，我以為都被都更完了。」古語知其實挺喜歡這種傳統建築的，很有味道。

「很棒吧。」夏至宇十分驕傲。

這裡彷彿像是世外桃源一般，可以聽見遠方潺潺流水聲，又能聽見蟲鳴鳥叫，甚至在各個建築物之間的大片田地，還能看見有人在耕作。

周圍被群山環繞著，風沒有止息，灌入了清新的空氣。

深山裡怎麼會有田地？這是不是有點奇怪？

古語知的地理也不是太好，似乎也是有農作物生長在山中。

「妳外公是村裡的村長，村裡各種大小事情都會找他處理。」夏至宇一邊幫她介紹，一邊帶著她前往了其中一間三合院。

「我以為外公應該會住四合院那樣有隱密性的呢。」

「外公是村長啊，村長就是要敞開大門。外公也很常在院子裡面和村民聊天喔。」夏至宇帶著她往正身的大廳走去，這裡有著在電視劇才會看見的擺設，正中央放著外公與外婆的照片，上頭的香才燃燒到一半。

初次見到外公與外婆的模樣，讓古語知覺得陌生又熟悉，她似乎能從外公、外婆的臉上看見媽媽的影子。

牆上掛著許多照片，一旁的矮櫃則放有好幾個相片框，許多照片都是一家三口幸福的模樣，還有許多媽媽各個年齡的獨照，當然也有外公和村民們的合照。

「這是……」古語知走到相片前，看著這些屬於媽媽的成長經歷，讓

自己覺得有些陌生。但，看著媽媽照片的背景有許多都是在這三合院，讓她真切感受到媽媽真的曾經生活在這裡。

「外公跟我說過很多關於妳媽媽的事情。」夏至宇的眼睛也帶著懷念，「或許那些事情妳都不知道。」

「我連有個外公都不知道了，又怎麼會知道過去的媽媽。」古語知眼眶泛淚，但很快擦乾後說，「外公就是要給我這些照片吧？」

「不……」夏至宇的話還沒說完，一陣急促的腳步聲從外頭傳來。

兩人站在大廳中央，一轉頭就看見一群人正驚慌地跑了過來。

「不好了！不好了！」率先說話的是一位相貌約三十多歲的男人。

古語知驚訝地看著夏至宇，許多村民都擠到了大廳裡頭。

「哎呀！感謝妳來了啊！我們村長走了以後還在想該怎麼辦，好在妳過來了。」

「妳知道該做些什麼嗎？村長有交代妳嗎？串碧呢？」

古語知心跳加快了下，串碧是媽媽的名字，這些村民都還記得自己的媽媽。

幾個三、四十歲的人聚在一起，男男女女都有，他們看著古語知問：「妳跟串碧長得好像啊！」

「呃，謝謝。」古語知有些求救地看著夏至宇，但對方只是聳聳肩。

「太好了！那這件事情就交給妳了！」他們宛如看見救星一般，紛紛上前圍住古語知，把夏至宇都擠開了。

「什、什麼事情要交給我？我什麼都不知道！」古語知大喊，但是她的聲音蓋不過村民們的聲量，他們爭先恐後地要訴說一件事情，只不過七嘴八舌地，古語知根本聽不清楚。

她只記得六個字，因為太過突兀，太過不可思議，所以顯得格外清晰——

「土地公殺人了。」

◇◇◇

等一票村民暫時離開後，古語知嘆氣坐到客廳的木頭椅上，看著夏至宇問：「土地公殺人了？這是什麼東西？土地公怎麼可能會殺人。還有，為什麼土地公殺人要來找我？關我什麼事情？」

「其實這也是找妳來的最主要原因，外公要給妳的不只是關於他留下的遺產或是妳媽媽的物品，還有就是，妳是唯一的繼承人了。」

「什麼？前後文不都是一樣的意思嗎？」

「妳外公有些特別的能力，簡單來講就是可以看見常人看不見的事物。這是血脈相傳能力，身為最後一個親人的妳，也繼承了這個能力。」

「啊？」古語知以為自己來到什麼整人節目了，眼前的人是瘋了嗎？到底在講什麼東西呢？

「我知道妳很難相信，但這是真的。」

「你是瘋子吧？還是這裡是什麼邪教本營？」古語知開始東張西望，要找個可以防身的東西，找到機會就得逃跑才行。

「這是真的，妳相信我。妳難道沒覺得看到什麼……」

「不好意思！」古語知打斷了他的話，「我從小到大不信鬼神，也從來沒有遇過什麼靈異事件。所有事情都一定有科學的解釋，每個古怪的事件都只是還沒找到原因罷了。」

「妳要走了？」

「對！我要走了！」她拿起放在一旁的背包，直接往門口走去。

「那外公的東西怎麼辦？」

「我只要拿走媽媽的照片，其他都不需要！」

「妳出不去的。」夏至宇的聲音並不是威脅，但卻十分認真。

「怎樣？你要用蠻力嗎？我先說，打架我不一定會輸喔！」古語知握緊背包肩帶，必要時打算直接砸過去。

「外公請妳過來一定有他的用意，妳就多留一段時間吧。」
「哈！要用親情勒索這點可沒用，我對外公一點印象也沒有。」
「妳怎麼這麼說話？就算沒有印象，至少也是妳媽媽的爸爸。」夏至宇露出有些責難的表情。
「可是他要我媽媽再也不要回來這裡。」
「外公做什麼都一定有他的用意。妳看到屋子裡的這些照片難道還不明白，外公、外婆有多疼妳媽媽嗎？」
當然看得出來！
古語知沒有把這句話講出來，因為，她不想留在這裡。
感覺……好像會有很多麻煩的事情。
「我要走了。」
「好吧，我想妳得親身體驗才會懂。」他淡淡地說著，沒有再阻止。
雖然很古怪，但是古語知一秒也不想待了，立刻就往外跑去。

一路上雖然有其他村民發現她而喊，古語知並沒有停下來，她現在最重要的就是馬上離開這裡。

沿著原路來到了樹林間，奇怪的是，進去了以後天色似乎比剛才還要暗，而且蟲鳴鳥叫聲音也變得好小，自己就像是耳鳴一樣聽不清楚。

不過她還是一邊往前走去，一邊用手機企圖要打電話給爸爸，可是卻都沒有任何收訊。

「真是奇怪，什麼年代了還有沒收訊的地方。」她又抱怨著類似的事情，一抬頭，發現自己又站在了村莊邊。

「欸？」她立刻又回頭往樹林走去，繞過了一棵棵看起來長得一模一樣的樹木後，又看見了村莊。

「這是怎麼回事？」古語知心想，或許是在一樣的樹林之中迷失了方向，不小心又繞了原路，才會一直回到村莊。

所以這一次，她拿出了背包裡的髮圈，每經過一段路後就將髮圈掛在

樹枝上，雖然不明顯，但至少是個記號。

「這樣就不會再走錯了吧。」她自信著，沒想到又繞回了村莊，她慌張地找尋了周邊的髮圈，卻沒見到任何髮圈。

她不信邪，就這樣子在樹林胡亂奔跑，但無論她往哪個方向走，每十分鐘她就會回到村莊。

最後她喘著氣走回村長家，也就是外公的家，卻沒有見到夏至宇。她站在院子裡頭左右張望，發現左邊的屋子有著燈光，她來到門前，不滿地敲了敲門。

「請進～」

她推開門，見到這裡面的佈置完全是另一種光景，有沙發、電視，甚至還有電動的樣子。

而夏至宇則好整以暇地坐在沙發上看電視，她瞪著他問：「要怎麼出去？」

「我不是說了嗎？妳出不去的。」

「要怎麼出去？」她又認真地問了一次。

「妳出不去的，除非妳願意留下來。」

「我不可能留下來，我有自己的生活要過！」古語知大喊，而夏至宇搖頭。

「不是要妳永遠留下來，只是希望能在這個暑假時間，妳留下來。」

「為什麼？我留下來的用意是什麼。」

「連結與羈絆吧。」夏至宇說。

「啊？」

「這裡曾經是妳媽媽的家，不過卻斷了連結，就連外公與妳媽媽都沒有見到彼此的最後一面……至少，作為孫女與女兒的妳，要把這份羈絆連結回來吧？」

「斷掉的線哪有這麼容易，況且當初是外公要媽媽離開……」

「我不是說了，外公不會毫無緣由的！他一定有他的道理。」夏至宇握緊拳頭，「或許妳留下來，那就能找到原因。」

最好是啦。

古語知在心裡想。

「事實上，妳也沒有考慮的權利，妳不留下也沒辦法，因為妳現在也出不去。」

「這到底是什麼巫術！」她尖叫。

「首先，妳不是相信科學的嗎？那世界上怎麼會有巫術呢？再者，我們這邊才不會用巫術呢。」

古語知被氣到說不出話來，她不相信鬼神，但她剛才的確走不出去。興許是今天發生太多事情，她累了頭腦也不清楚，明天再嘗試出村吧。

「那至少讓我跟爸爸聯絡一下。」

夏至宇用下巴比了下明顯放在角落的電話，古語知居然都沒有發現。

她馬上拿起話筒，撥了電話給爸爸，對方很快接起來，「我的天啊，語知，妳還好嗎？」

「爸爸，我難道不是你親生的嗎？就算不是好了，這麼多年了你應該對我也有感情吧，怎麼會就這樣把我丟下來？」古語知開始抱怨。

「我真的不知道，那時候有股莫名的力量就要我走。等到我離開以後，才恍然大悟啊，怎麼可能把妳丟在那！我當然立刻回頭要去找妳，可是無論怎麼開，都找不到村莊的路……我就說那邊有古怪，但是妳外公不會害妳的，他說什麼，妳完成就好……」

古語知聽完這段話，無奈地看著夏至宇。

「爸爸，外公已經過世了，可是有個怪人一直要我留在這裡，說什麼我得完成什麼事情才能離開。」

「外公過世了……？那那封信是誰寫的？」

古語知看著眼前的男人，想也知道。

「而且我要出村還一直被鬼打牆呢，有夠詭異。」

「語知，雖然我只見過妳外公一次，但是我真的認為外公不會害妳，那村子讓我感覺像是活著的，是一種氣息……很舒服的感覺，通體舒暢那樣。」

「不要再講這種怪話了。」雖然這麼說，但古語知多少也感受到爸爸所說的。

「好、好。總之，妳就留在那邊一段時間，我們保持聯絡。」

「……爸爸，你聽過媽媽說過什麼嗎？」

「什麼？」

「像是什麼繼承外公的能力，看見不該看的……」

「沒有，妳媽媽從沒講過什麼奇怪的話，她也很害怕看鬼片……不過妳記得在醫院的時候嗎？」

爸爸忽然講起過往的記憶，那也是古語知一直刻意忽略的。

「嗯，媽媽說『他找到我了。』」那極其詭異又令人不舒服的話，是在媽媽過世前兩天，媽媽脫口而出的。

當時媽媽躺在床上，很平靜，也很和緩地說出這句話。

古語知和爸爸當然反問了媽媽怎麼回事，而媽媽只是搖搖頭，然後繼續看著天花板發呆。

「那個『他』難道是外公？」古語知皺眉。

「不是，感覺像是其他東西……這不禁讓我把當時外公將妳媽像是驅離般地趕出村子的事情聯想在一起，或許妳待在外公那邊能找到答案……」

「好吧，我知道了。」古語知嘆一口氣。

掛掉電話後，她百般不情願地說：「我還是會嘗試要離開，但在此之前，我會待在這裡一段時間，應該。」

「這樣就對啦～」夏至宇彈指。

「我得先說，我不一定有辦法解決，事實上我根本無法解決……」

「妳可以的，妳流有外公的血脈。」夏至宇倒是挺篤定。

古語知也只能聳肩，「所以我現在就是要處理什麼土地公殺人的事情嗎？」

「是啊。」

「話先說在前面，現在是放暑假才有時間，開學前我就會離開了。」

「以後的事情以後再說，我相信外公也不會給妳添麻煩的。」

經過稍早的事，古語知對於這麼未曾謀面的外公一點親切感也沒有，也對夏至宇存疑。

但她得老實承認，在這裡純粹待著，感覺氣場很舒服，或許是因為山裡空氣比較清新的關係吧。

◇◇◇

整頓好後，古語知隨著夏至宇來到了村民活動中心，一群村民在這七嘴八舌地討論著，一見到古語知來，立即湊上前。

「村長的孫女呀，就拜託妳了。」

「妳叫什麼名字呀？」

「這件事情妳一定得幫忙啊。」

大家七嘴八舌地，古語知對夏至宇投去求救眼神，但對方只是兩手一攤，甚至還一溜煙地逃離現場。

「我叫古語知，我完全搞不懂自己該做什麼。」她老實地說。

「相信山會指引妳的。只有妳可以感受到這一切啊。」一位老婆婆抓起她的手，雖然說的話是這麼無法苟同，但因為手掌太溫暖，眼神太炙熱，所以古語知也就沒有反駁。

於是，她在這群村民們的口中了解到事情的經過。

島山村年輕的孩子們以小藍為首，時常會跟隔壁張家村的孩子一起

玩，他們都會約在兩村交界處的土地公廟前。這天，張家村村民經過土地公廟正準備進去拜拜時，卻看見了小藍和幾個孩子正一同搬運著張家村的孩子王——正男——的身體往廟的後方去。

村民當然立刻追上了，小藍等人一慌，丟下了正男的身體就逃走，而村民近看了才發現，正男已經氣絕了。

於是張家村人找上了小藍，說他殺掉了他們村裡的孩子。

可是小藍和孩子們卻異口同聲的說：「是土地公殺人了！」

聽完了這一切後，古語知只說：「應該是小藍殺的吧，土地公怎麼可能會殺人。」

「小藍不可能做這種事情！」結果村民們極力反彈，古語知趕緊道歉，說是自己說錯話了。

終於在一團混亂之中，古語知找到了小藍等人，因為張家村的人來勢洶洶想要找回公道，村民便先把小藍等人藏在了一個女生的家裡。

聽大家說，小藍是孩子群的頭頭，原本還以為他會很壯碩，不過一看居然也是普通身形的孩子。

「聽說你殺人了？」古語知一見面劈頭就問。

「我、我才沒有殺人，妳是誰啊？」小藍開口，一旁的孩子也跟著點頭附和。

現場約有五個孩子，看起來都在小學三年級到六年級之間，每個孩子身形都偏瘦小，看起來也不頑劣，甚至每個人的神情都像是被嚇壞似地。

「他們不可能殺人啦。」暫時收留他們幾個的是一位叫初春的村民，年紀看起來和古語知相仿，長相清秀甚至可以說是漂亮，卻一個人住在三合院之中，看起來似乎有些寂寥。

眼前這緊急時刻，也不適合問這些事情。所以古語知皺起眉頭：「如果不是他們殺的，那為什麼要躲在這裡？」

「氣急敗壞的大人一定會嚇到孩子們，總得等我們都弄清楚狀況吧。」

張家村的人一定會先去孩子們的家，為了防止場面更加衝突且失去理智，才會先讓孩子來我這裡安頓一下。」初春將茶水放在桌上，「這件事情就是土地公殺人啦。」

「就說了土地公不可能殺人。」古語知翻了白眼。

「為什麼不可能？孩子才不可能殺人。」初春歪頭，不懂古語知怎麼會這麼說。

這讓古語知覺得該不會是城鄉代溝吧？

想也知道，土地公怎麼可能殺人啊！

「那你們告訴我發生什麼事情吧。」古語知雖然這麼問，但她實在不覺得自己能幫上什麼忙，這種事情要找警察才對吧，還是這樣偏遠的隱世村莊沒有找警察的選項，都是自己私刑？

小說或是電影好像都會這樣演，像這種與世隔絕的地方其實是另一個國家之類的。

「我們就跟以前一樣在玩，結果玩一玩，忽然正男就倒地不起，我們叫不醒他。阿明說他可能中暑，所以我們打算把他抬去土地公廟後面的樹下，剛好被大人看見，然後說什麼正男死了，我們正要殺人埋屍！這根本就是土地公殺人啊！」

「就說了土地公不會殺人。」古語知覺得這裡的土地公是不是得罪村民啦，怎麼一直被這樣講。

「那個，語知，妳是不是不知道土地公殺人的意思？」一直滿腹疑問的初春開口。

「啊？不就是土地公殺人？」

只見初春笑了出來，連小藍等人也笑了起來。

「什麼啊，阿姨，妳學校沒有教過嗎？」

「什麼阿姨！沒禮貌，我才二十一歲！」古語知大叫。

「對我們來說就是阿姨啊，我才九歲呢。」一個平頭臭小子回。

「你們這些……」古語知掄起拳頭就要揍他們，但此刻院子傳來了腳步聲，還伴隨著眾人說話的聲音，這讓躲在右護龍的大家都嚇了一跳。

「初春呀，警察來了，可以開門了。」外頭一位聽過聲音的年長男性說，初春鬆了一口氣，打開門後見到幾位警察。

這讓古語知愣了下，原來他們也是會報警的啊。

等等，警察來的速度未免太快了吧，這裡不是隱世村莊嗎？

「詳細的狀況我們都聽張家村的人說過了。來吧，你們的父母會陪同你們一起來警察局做筆錄。」警察出聲，幾個孩子面面相覷，在其他村民的領首下，就跟著警察離開了。

古語知覺得莫名其妙，跟在屁股後出去，只見幾個孩子的父母也都在外頭，他們最後甚至是用走的往另一個方向離開村子。

「搞、搞什麼啊，所以我不用處理了嗎？」古語知碎念，雖然她也不知道要處理什麼，但這樣沒頭沒尾地也讓她心裡很不踏實。

「什麼呀，語知，妳本來就不是要處理土地公殺人的事情啊，這種事情警察會處理。妳要處理的是土地公啦。」結果初春說了奇怪的話。

「等一下，土地公殺人到底是什麼意思？」古語知早就該問這句話了。

◇◇◇

她來到土地公廟前，沒想到這座村莊的土地公廟挺大的，裡頭也有不少村民正在參拜。雖然不信鬼神，但也不是鐵齒到不拿香拜拜的人。於是她抽起旁邊的香，告訴土地公整件事情的始末，以及目前的進度。

村民要她處理的，是來跟土地公打個招呼，並且道個歉。

為什麼村民不自己做？他們當然有做，從供桌上的鮮花素果就看得出來。但村民們說，要由她來說才能保證土地公一定聽得到。

拜拜完畢後，古語知嘆了口氣，然後走往廟後面的大樹下乘涼。

一來到這裡，便聞到了一種很奇特的清香味道，非常好聞。

她坐在椅子上看著蔚藍天空，還有樹葉吹動的沙沙聲響，以及鳥叫蟲鳴等，這裡的空氣清新，說實在的，這裡的確很舒服。

她閉起眼睛，感受這份難得的清淨，等她再次張開眼睛時，旁邊居然坐了一位老人家。

不知道對方什麼時候來的，她竟然連一點腳步聲都沒聽見。偷看了一眼對方，她便起身就要離開，對方突然喊住了她。

「正男那個孩子是因為中暑暈倒了，他身體處於很不好的狀態下，卻還是只顧著玩，最終才會倒下。」

「啊？」古語知愣了一下。

「我一直在旁邊提醒呀，都沒人能聽得見我。要是妳可以早點到就好了。但這也就是命，正男的命本就如此。」

這個老人頭腦好像怪怪的，古語知這麼想。

「好啦，我收到妳的話了，也就請妳再轉告張家村與島山村的大家，就說是我說的，這樣子大家也會好過一些。」老人說完，便起身往廟的方向走去。「妳有空也多來我這走走吧。」

「是廟公嗎……」古語知疑問，經過廟前又再次往裡頭看了下，可是卻什麼人也沒有，那位老先生不知道去了哪。

於是她回到外公的家，猶豫了一下後，還是敲了夏至宇的門，他果然在裡頭看著電視。

「回來啦？」

古語知看著他，死盯著那種。

「怎麼了？」

「你為什麼沒有跟我說，土地公殺人了的意思，是冤案誣賴？」

「我以為這大家都知道耶，難道妳一直以為我們在講的是土地公真的殺人了？」見到古語知的表情，夏至宇爆笑出聲，「難怪妳一直說不可

能！哈哈哈，我想說妳也太沒禮貌了，大家都在講被誤會，妳一直在那邊說不可能被誤會。」

「我哪會知道，我根本沒聽過這句話。」古語知紅起臉。

「那妳最後怎麼知道了？」

「初春跟我說的。」古語知回想剛才的事情。

初春說，「土地公殺人」這句諺語就是來自宜蘭，過往的命案若是找不到兇手，官員便會找陳屍地點的地主興師問罪，自然地主就得被當做唯一罪犯。

而在某年，一位農民清早出門卻在自家的田中發現無名屍，為了避免不必要的麻煩，也不想連累鄰居，便和朋友合力將這無名屍拖到了土地公廟前。

最後，這件事情就在官員隨便查案與人為影響之下，變成土地公負責了。土地公廟賣了部分廟地，變現支付埋葬這具無名屍的開銷，無辜的土地公不只被誣陷殺人，更是有苦說不出。

於是，「土地公殺人」便成為了「受到誣賴卻百口莫辯」時的諺語了。

「所以他們一直在喊的都是冤枉，不是真的在說土地公殺人。」古語知覺得自己好白痴，她又盯著夏至宇看，「我剛才還在土地公廟遇見了一個老人。」

「喔，那一定就是土地公了。」

「怎麼可能。」

「為什麼不可能？」夏至宇歪頭。

「因為、因為……」要是一個小時前的古語知，絕對可以理直氣壯地說「沒有鬼神」這種話，但是此刻卻……

看著古語知欲言又止的表情，夏至宇坐正了身體，大概也明白會聽到什麼了，「妳知道了對吧？妳發現，不是沒有鬼神。」

「……初春跟我解釋完以後，我就跟她抱怨為什麼夏至宇都沒有告訴

我。初春問我夏至宇是誰。」古語知看著他，「我問了其他人，沒人知道你、也沒人見過你。你說你照顧外公，而且你幾乎跟在我身邊……怎麼可能沒人見過你。」甚至，初春還說了，自從古語知的媽媽離開以後，外公一直以來都是一個人生活。

聽到這些話，夏至宇一點也不意外，他沒打算隱瞞，只是希望古語知能自己發現，畢竟要發現並不難，「所以妳覺得我是什麼？」

「……」

「妳不信神也不信鬼，我說那個老人是土地公妳不信，我說我是鬼的話，妳會信嗎？」

「……」

古語知不信，但她一整天的遭遇幾乎顛覆了以往。

最重要的是，她沒有從夏至宇這個人……或是這個不知道什麼東西的身上感覺到惡意。

「反正我也離不開這裡。」古語知坐到了一旁的椅子，夏至宇饒富趣味地看著她。「怎樣？」

「我只是想說，妳不會怕我耶。」

「我不信鬼神的話，怕你做什麼？」古語知說。

「也是齁。」夏至宇露出了溫柔地微笑，「果然外公說對了呢。」

「他說什麼？」

「沒什麼。」夏至宇哼起歌，繼續看著眼前的電視。「土地公沒有跟妳說什麼嗎？」

「什麼說什麼？」

「就是希望妳去做的事情啊。」夏至宇好奇，「外公沒有降妖除魔能力，他的身分是擔任人與鬼神間的橋樑。所以，很多事情都要由外公來和村民與神鬼妖溝通。」

雖然這一整段話聽起來還是很難讓人理解，不過古語知「啊」了聲，

「他好像有叫我要去把正男的事情告訴兩村的人。」

「這樣啊，那我們得去跟他們說。」夏至宇準備要起身。

「應該只有我吧。」古語知瞇眼，畢竟其他人又看不到夏至宇。

「哎呀，不要挑語病呀。」

「……算了。對了，我的房間在哪裡？」

「妳的房間就在這裡喔。」夏至宇比了裡頭，「以前這裡是妳媽媽的房間。」

「那你就睡在我媽房間？」

「當然沒有啦，我又不需要睡眠。只是我活動的空間是這個客廳，以前外公還在的時候，他就住在右護龍那裡。」

「……」

「如果妳不希望我待在這裡的話，我也可以去別的地方。」

「不用了，你就在這吧。」雖然夏至宇不是人，但至少讓古語知感覺

到有人的存在，「禁止你隱身或是穿牆偷窺我！你的活動範圍就只有這個客廳，知道嗎？」

「在看得見的人面前隱身，你知道要多高的道行才做得到嗎？」

「你做不到嗎？」

「……做得到，但是會很累，超級累。我可不想做那麼累的事情。」

「那你答應我！」

「好，我發誓，本人的活動範圍就只限這個客廳，甚至連廁所都不會靠近～」夏至宇雙手投降，露出了好看的笑容。

那個瞬間古語知心跳彷彿加快了幾拍，但她很快收起一時迷糊的心，居然會覺得眼前的「人」好帥，自己肯定是瘋了吧。

「那我問你，是你在森林引起異象，讓我爸爸離開的嗎？」

「我不是說了，光隱身就需要耗費很大的體力，何況是引起異象。」夏至宇怪叫，「那才不是我呢。」

「那是誰？」

「就森林一些小妖怪吧，屬於自然的妖怪要引起那些很容易的。」夏至宇說得輕鬆，但古語知卻覺得太不可思議了。

天空持續晴朗，空氣持續清新，而這座小村莊，還有許多事情等待古語知去探索。

# 天搖地動的歡迎會

轟轟——

奇怪的聲音在夜裡傳來，古語知抬頭拉開了窗簾，外頭的天空烏雲密布，她以為是雷聲，倒下繼續睡。

但就在她碰到床的瞬間，忽然感受到微微地震動，她迷濛地想著：

「啊，是地震。」

因為很微小，幾乎就像有人坐到床上般的細微，所以古語知並沒有其他反應，閉上眼睛後再次進入夢鄉。

翌日，早晨的陽光從窗簾的細縫傳入，她起身後伸了懶腰，覺得自己睡得非常好，已經很久沒有睡得這麼深沉了。

或許是因為這裡的夜晚足夠安靜、空氣足夠清新，而且又沒有光害的關係吧。

她從木板床上下來，以為會睡得腰酸背痛，但倒也還算舒適。

這裡，是她媽媽的房間。

裡頭的擺設幾乎沒有動過，能感覺得出來少女的氣息，不過因為媽媽大學時期都在外地，所以這裡維持著媽媽高中的模樣。

很整潔，沒有什麼偶像團體的海報，也沒有化妝品，就是一些高中的課本、照片還有衣服，與其說是「住著的家」，更像是「借住的地方」，有點中規中矩，只放著生活最低限制的物品。

但，因為媽媽後來和爸爸離家了，所以把許多東西帶走，也是很合理的吧？

只是，感覺還是有點奇怪。

她走出房門，聽見客廳位置傳來電視聲音，夏至宇就這樣看了一整晚的電視，忽然想到爺爺過世以後，水電費這種東西是誰負責的？夏至宇沒辦法繳費吧？

梳洗完畢後，她來到客廳，只見夏至宇帥氣的臉龐一如昨日，就連他身上的衣服也是。

「早安啊。」

「……你真的一點都不需要休息？」

「難道我看整晚電視吵到妳了嗎？」他有些抱歉。

看來得到答案了。古語知按下一旁的熱水壺，並打開了濾掛咖啡，伸手拿起一旁的吐司麵包，才忽然驚覺到不對勁。

「等等，外公已經過世的話，為什麼會有這些東西？」

夏至宇好像聽不懂她在說什麼，她又接著說：「像是濾掛咖啡這種時髦的東西，外公不會喝的吧？還有吐司麵包，你又不可能去買，等等……這裡有麵包店嗎？水電費呢？又是誰負責？」

「哇！我都不知道妳住一晚就可以有這麼多好奇心，那這樣的話你要住久一點，就可以更多好奇了！」古語知真想揍他，不過碰不到他實在惋惜。

「好啦，妳當村民不存在嗎？當然都是村民幫忙處理啦。至於濾掛咖啡，妳太小看外公了，他很喜歡喝喔。吐司麵包則是初春跟江婆婆拿來給妳的。」

初春她知道，就是那個年紀與自己相仿的女孩，但是江婆婆是誰？

「江婆婆昨天也有過來啊，牽著妳的手那個婆婆，她是經營雜貨店的。」

「原來……」這裡還真是完美體現了，鄰居如同家人般互相照顧的這件事情，這讓古語知覺得有點窩心。

「那你需要吃東西嗎？」她又問。

「不用。」夏至宇笑著。

她注意過夏至宇的行動，他沒辦法碰觸所有實體的東西，不過像是遙控器、杯子、或是手機這種的小東西他倒是可以。

不過說是碰觸，也真的僅止於碰觸，他沒辦法拿起來。所以說，遙控器轉台這種事情，他倒是還辦得到。

「幸好還能看電視呢，不然我會無聊死。」夏至宇說著。

「你不會去山裡玩嗎？聽起來你也看得見其他東西。你會跟妖怪或是鬼還是神明聊天嗎？」

「我會去找土地公聊天啊，妖怪則都在山裡，我不會主動過去。鬼的話……除了我以外，沒見過其他鬼。」

「為什麼？」

夏至宇聳肩。

「……你在外公身邊多久了？」

「喔？妳開始對我感到好奇了嗎？」夏至宇雙眼發亮。

「當我沒問吧。」

「哎呀！怎麼這樣。」他笑著抱怨。就在此刻，古語知再次感受到地板微微的震動。

這裡也太頻繁地震了吧？

她拿起手機，想看一下有沒有地震資訊，發現還是沒有訊號，便詢問夏至宇關於網路的事情。

「喔……活動中心那裡有電腦可以使用，也只有那邊有牽網路線和Wi-Fi機，速度很慢就是了。」他對古語知搖手指，「不過手機就真的沒有訊號了，要打電話得用家用電話才行。」

「知道了。」她點頭，「外公到底希望我來做什麼呢？」

「什麼？」

「你不是說希望我能在這裡待一段時間，也說是外公的願望，是希望我在這裡做什麼呢？」

「我覺得有些事情當下沒有答案，是需要時間才會知道答案的。例如……妳就當做是在這裡多多認識妳媽媽長大的地方，難道不好嗎？」

「這樣說也是沒錯啦……」把媽媽都搬出來了，還能說什麼。

「外公只說了妳來了以後，一切就會得到答案。」夏至宇扁起嘴，萬分無辜。「反正順其自然，妳一定會知道的。」

「啊？」古語知大叫，「什麼意思？」

「我也不知道囉。」夏至宇聳肩，但看起來就是裝傻的聳肩！

「我今天就要離開。」古語知狂叫。

「妳忘記妳離不開嗎？」

「你忘記我昨天得到什麼情報嗎？有張家村、有警察，所以我只要

打電話報警，讓警察來接我，諒什麼鬼神都不敢擋正氣無比的警察大人的路吧？」

「妳不是說不信鬼神，現在居然說鬼神擋路啊～」夏至宇不但沒有被威脅，反而還找了古語知的語病。

「我懶得跟你說。」心動不如馬上行動，古語知馬上邊吃著吐司邊來到電話旁，拿起來就按下一一〇。

不過電話響了好久都沒有人接，報案電話不可能會這樣，她望向處變不驚的夏至宇。

「難道連這個也打不出去？那如果我有緊急事情要報警怎麼辦？」

「只要妳是想要離開的話，任何方法都沒用。只要妳不想離開，那就不會有任何阻撓。」

她懶得作任何反抗和爭辯了，掛斷電話以後她回到桌邊吃著早餐，就當做是來度假吧，待到暑假結束就好。反正這裡山水秀麗，她可以到處去

逛逛，畢竟這一輩子她可能再也不會來到如此大自然的地方了。

於是吃飽後她決定四處探險，夏至宇雖然想跟上，但正在看的連續劇剩下最後一集且正精采，古語知也不想被這東西跟著，便趁機溜出家門。

她先是在這村莊繞了一圈，大多都是兩層樓的平房，棟距間隔也很大，而旁邊還有許多田地，四周則被樹林圍繞著。走到初春家附近時，隱約還可以聽見潺潺流水聲音。

她停下腳步想確認清楚，這是瀑布的聲音還是河流。就在這時候，她又感覺到了地板的微微晃動。

「怎麼會一直地震？」她東張西望著，似乎沒有其他村民們在意，而就在她正好低下頭的時候，發現腳邊似乎有個小東西晃過。

「老鼠！」她大叫，嚇得直跳腳，那東西被她嚇了一跳也開始逃竄，最後居然直接往地裡鑽去。「咦？」

她以為自己看錯了，用力眨了幾下眼睛，可是剛才的東西已經消失。

「絕對是看錯了。」她低聲說著。

「看錯什麼？」初春正好從房內出來，就見到她在這。

「我好像看到老鼠……」

「啊，不會是來吃農作物的田鼠吧！看我還不打死牠們！」初春說完還捲起袖子就要衝去田裡，這時候古語知趕緊喚聲。

「等等，初春。今天是不是一直在地震？」

「有嗎？」

「很小，要停下來才能發現。有時候還會覺得是頭暈。」

「說不定真的就是妳頭暈。」初春笑著，「太陽很大，要多喝水知道吧？」

「等等，初春。」古語知叫住她，「謝謝妳幫我準備的麵包。」

「不客氣！還有什麼需要的歡迎跟我說，畢竟村長的家人就是我們

的家人啊。」初春說得自然，這種被當成自己人的感覺，對古語知來說真是特別。

因為在都市，鄰居間不會如此親切往來。

「那個，我們年紀差不多，如果有空的話可以多聊聊。」

「好哇，我也很想跟妳聊聊呢。但我現在得先去抓田鼠，改天再去找妳玩。」初春笑著揮手，古語知也與她說再見。

村裡說大不大、說小也不小，但是因為平房居多，路線也不複雜，所以她順著田徑小路走著，很快就來到活動中心。

她看見小藍等人在電腦前，似乎在看卡通片。

「語知阿姨來了。」小藍一見到她便故意這麼喊。

「你不如叫我語知就好。」

「這樣不會沒禮貌嗎？」

「叫我阿姨更沒禮貌。」古語知翻了白眼，幾個孩子則說媽媽都讓他們叫人阿姨，說這樣才是有禮貌，但古語知並沒有回應。

「妳要用電腦嗎？」小藍問。

「算了，讓你們看片吧。」

幾個孩子歡呼，古語知看著他們的背影，幾個人擠在一個小小的螢幕前，況且還是CRT螢幕，古語知忍不住問：「難道沒有希望家裡也有電腦跟網路，或是你們也有手機嗎？」

孩子們轉頭互看，然後又說：「還好耶。」

「雖然電腦很有趣，但是大家一起在外面玩更有趣。」

「我媽說是因為沒有過手機，才不知道有手機的感覺，這樣就不會想要手機。」

「要手機能幹麼？」小藍反過來問古語知。

「嗯，有緊急事情可以打電話聯絡、無聊時可以玩遊戲、有問題時可以查網路，還可以隨時看想看的影片。」古語知細數的手機好處。

「緊急事情只要大叫，村裡人就會來；玩遊戲和大家一起玩；有問題就問大人；看影片就來活動中心。」小藍也一一細數，「除了這樣，手機還可以做什麼？」

其實還可以做很多事情，但是古語知轉念一想，或許就是因為他們身處在島山村，才會不需要手機。

人會因為身處的環境不同而改變所需的東西，也可能因此改變想法。

「看來手機對你們沒有用。」古語知說。

「那對妳有用嗎？」小藍反問。

「嗯，在這裡沒有用。但是離開以後有用。」

「是喔。」小藍和其他孩子互看一眼，「我們以後會離開這裡嗎？」

「不知道呢，希望不要。」

「但是媽媽說有一天我們或許會離開。」

「真討厭呢。」

孩子們一一說著，而古語知感受到一點點現實的悵然。

為了他們的未來，感覺還是要離開這小村莊才好吧？

古語知忽然想到，什麼叫做未來呢？好的學歷？有前途的工作？賺很多錢？

然後呢？

找一個世外桃源過退休生活？種種田、自給自足、含飴弄孫？

那現在的島山村，不就是這樣的生活嗎？

所以待在這裡，不就也是一個好的未來嗎？

忽然古語知有點糊塗了，果然所在的環境不同，會有不同的想法。

古語知起身準備離開，孩子們跟她說了再見，但又忽然說：「對了，語知，謝謝妳。」

「謝我什麼？」

「謝謝妳轉達了土地公的話讓正男的家人們知道，也讓我們知道，這樣大家都沒事了。」

「……你們真的相信我看見了土地公，然後把土地公的話告訴大家嗎？」

「相信啊，為什麼不相信？」

「是啊，以前村長也都是這樣啊。」

要是在都市有人說出這樣的話，古語知一定覺得他是神棍或是詐騙。但是在這個村裡，這些怪力亂神就是真實會發生在他們周邊的事情。對古語知來說，這一切都十分新奇。

「對了，你們今天有覺得一直在地震嗎？」

話說到此刻，又一陣小小搖晃，「現在，現在有地震嗎？」

「沒有啊！」小藍他們說。

「難道真的是我頭暈？」古語知皺眉。

「語知，妳老了啦～」小藍用怪聲笑著，這一次古語知直接衝過去打了他的頭，這讓所有孩子格格笑著。

「我要走了。」

「掰掰～明天見～」

「下次跟我們一起玩啊～」

孩子們說著，這讓古語知受到感染也揮了揮手，給了一個微笑。

離開了活動中心，一陣微風吹來，傳來了一股清香的味道，這是土地公廟後方的味道。

於是她轉往土地公廟走去，先是在正殿拜了拜後，便走到廟的後方廣場處。

「妳又來啦，今天過得怎麼樣？」那位老先生又在那乘涼了，夏至宇說他是土地公，但是他和正殿的土地公雕像一點也不像。

就像是一般的老人，不，感覺是有飽讀詩書，並且受過良好教育的氣質老人。

「今天好像一直在地震。」古語知說著，坐到了老人的身邊。

「啊，那是地牛太高興妳來了，興奮過度啦。」

「啊？地牛？」古語知一愣，是她認知的那個地牛嗎？

「是呀，現在就在妳腳邊。」老人挑了眉一笑，古語知順著老人的視線看去，一隻只有手掌大小的牛就站在她的腳邊，和古語知對到眼後，竟然害羞地低下頭，然後就往地板鑽進去。

是真真切切地鑽入了地底下。

「牠鑽進去了！」

「當然啊，牠是地牛，當然在地下。」老人一點也不訝異。

忽然間，地牛又從地底下探出頭來看著古語知，似乎很高興地爬出來在她腳邊跑著，這時候，她又感受到了地震。

「難道這地震只有我感受得到？」

「牠還很小，出生沒有幾個月吧，所以影響的範圍不大，頂多……就這一棵榕樹的範圍吧。」

「不可思議……」古語知看著那小小的地牛跳到了自己的膝蓋上，外型看起來就跟一般的黃牛無異，只是非常小，還有那眼神十分有靈性……

「為什麼牠會因為我來而高興？」

「各界都很高興啊，妳有純粹的氣息，也是村長最後的繼承人了。」

「繼承人什麼的……太重了。在外公離開前我根本不知道這個地方，結果現在忽然變這樣，其實我也很困惑。」古語知咬唇，「神奇的是，我以前明明看不見，為什麼來到這裡就看見了？」

「因為妳在一個純粹之地，唯有這樣，才能看見自然。」土地公說著，

「妳回到原本的地方後，又會看不見了。」

「是因為都市太混雜嗎？」

「是因為你們家族的力量是這片土地給的，所以只能在這顯現。」土地公的話讓古語知鬆一口氣。

「就算說我是最後的繼承人……我也不會待在這裡，雖然現在離不開，但是暑假過完我一定會離開的。」說到這裡，古語知才想到可以問問他，「為什麼我會離不開這裡？」

「因為土地希望妳留下，但不是永久留下……再一段時間，就會知道了。」土地公說，「有時候命運會安排好一切，連我們都不能窺探。」

講得十分神祕，古語知也不好問下去了。

「所以好好珍惜在這邊的時光吧，妳一定會喜歡這裡的。」土地公笑笑，伸手摸了一下地牛的頭，牠像是個孩子般搖著尾巴十分開心。

「好啦，就把牠交給我吧。」

「咦？」因為太過可愛，古語知還想把牠帶回去呢。

「畢竟牠可是地牛呢。」土地公說的話古語知沒有聽懂，當她離開的

時候，感覺地牛還依依不捨，她想著明日再帶點小零食過來吧。

◇
◇
◇

就在她回到外公家的時候，夏至宇又在看別的電視節目。

「回來啦？妳去了哪？」

古語知把剛才發生的事情告訴他，然後說到地牛很可愛。

「妳不是不信鬼神，怎麼看到地牛就馬上相信了？」夏至宇有點不滿的說。

「牠從地下出現，我怎麼會不信？」

「那妳都看到我了，為什麼還不信鬼神？」

「我都說了不信鬼神了。」

「那地牛怎麼說？」

「牠又不算鬼神，牠是動物吔。」

夏至宇翻了白眼，跟古語知講不來。

「不過一般來講，看見地牛要馬上殺掉比較好，以前外公看見都會立刻處理。」夏至宇快轉了前情提要的畫面，「通常地牛不太會現身，只有什麼都不懂的初生之犢才會跑出來，雖然一般人也看不見就是了……但總之，要儘速處理，否則牠們很快就會躲在地底深處，越長越大了。」

「咦？太殘忍了吧？就讓牠好好生活會怎樣嗎？」想起那可愛的小巧模樣，古語知就覺得被治癒了。

夏至宇瞥了她一眼，提高音量地說：「拜託，牠是地牛耶，地牛是做什麼的？體積越大，造成的災害與範圍就越大。」

「啊……」古語知差點就忘了，地牛翻身會引起地震。

不過手掌大的地牛都可以在她周邊產生晃動了，不敢想像若是一般牛隻大小的話會怎樣。

「意思是地震都是地牛造成的，不是板塊囉？」

「板塊是科學，地牛是玄學。」夏至宇彈著手指，「而科學的盡頭，就是玄學。」

雖然有點想吐槽，但是夏至宇說的又好像有點道理。

「總之，不是所有地震都是地牛引起，如同妳說的，板塊。但是地牛的確能引起地震，越大的地牛引起的越大。」

「那臺灣目前有幾隻地牛你知道嗎？」

「我難道是地牛小博士嗎？妳覺得我知道嗎？」

古語知忍住想要打夏至宇的衝動，因為她知道也碰不到他。

「所以那個地牛呢？」夏至宇問。

「土地公帶走了。」想到這裡，古語知才驚覺，難道土地公要「處理」地牛嗎？可是土地公會殺生嗎！

夏至宇喔了聲。

然後又說：「妳不是不信鬼神？怎麼叫土地公了？」

古語知立刻拿起木椅上的靠枕往夏至宇丟過去，想當然耳，穿過了他的身體。

# 輪迴轉世也要愛上你

一早起來，古語知先是將頭髮束起後，從髮尾捲起綁成一個包後，換去了衣服才去梳洗。

今天她打算好好整理這個家，雖然村民們會幫忙繳水電費什麼的，但是這個家畢竟沒有了主人，還是得好好處理剩下的遺物。

「妳今天要做什麼？」

「你幫我煮好熱水了？怎麼做到的？」

「按一個鈕而已。」夏至宇驕傲地說。

「是喔，好棒！」古語知說著，將濾掛咖啡打開後，灌入了熱水。

在她轉身要把熱水壺放回桌上時，不小心碰到了夏至宇，正確來說是穿過他。

她看過幾本靈異小說，通常穿過靈體都會被形容得很冰冷或是不舒服，可是夏至宇完全沒有給她那樣的感覺，就像是穿過空氣一樣，也就是沒有任何感覺。

「……」她頓了一下，裝做沒事地喝了口咖啡。

儘管不信鬼神，但眼睜睜的事實擺在眼前，她與一隻鬼正同居著。

「妳今天要做什麼？」夏至宇又問。

「我要整理一下媽媽的東西，有些我也想帶回去給爸爸看。」她想了一下，「我離開的時候應該能叫爸爸開車來接我吧？不然這些東西我怎麼拿。」

「可以啊。」夏至宇說得理所當然。

「那，我還得整理外公的東西，以及這個家，畢竟現在外公也不在了……」她說得有些小心翼翼，雖然村民看不見他，但是夏至宇還是住在這裡。

夏至宇和外公的感情，一定很深吧。

「你……」

「嗯？」

「算了，沒事。」古語知搖頭。

「什麼啊，吊人胃口耶。」

她原先是想問，夏至宇為什麼要跟在外公身邊？又跟了外公多久時間？從他的外型看起來，年紀大概也跟自己差不多，是發生什麼事情才會在這嗎？

但是她不想涉入太深，也不想和這隻鬼有太多接觸，這樣比較好。

「妳現在都睡在妳媽媽的房間，有看見什麼東西需要整理嗎？」

「說實在的，好像沒有什麼特別的東西。」古語知說著，那些只是課本、零散的上課筆記。沒有日記也沒有相片，就好像媽媽不是真的在這裡生活過。

不過，她還是會帶走幾本媽媽的課本，留作紀念。

「如果是照片那些的話，除了正廳那幾張外，其他的都收在外公的書房。」

「咦？原來收在那裡嗎？我才想說為什麼房間沒有任何照片……」

「因為外公時常翻閱那些照片，所以都放在他的書房，這樣子他才方便看。」

「你聽過外公說過我媽媽的事情嗎？」

「當然聽過啦。」

「那他說……」

叩叩——

「語知，妳在家嗎？」

是初春，古語知先是看了夏至宇一眼，對方聳肩，像是在說反正初春又看不見自己，於是古語知開了門。

「怎麼了？」古語知開門，初春笑嘻嘻地道早。

「今天我姊姊會回來，晚上要不要來我們家吃飯？」

「原來妳還有姊姊呀，她是去哪裡呢？」

「她跟我媽住在外面，偶而會回來找我聊天。」初春說得簡易，夏至宇在一旁補充說道，初春父母離異，後來媽媽帶著姊姊離開村裡，而初春則和爸爸繼續住在這。

爸爸幾年前開始跑船，時常都是遠洋，一年半載見不到一面很正常。

眼前的初春明明和自己差不多年紀，經歷卻和自己大相逕庭，這讓古語知有些心疼，「我過去不會打擾你們嗎？」

「當然不會，妳看到她會很驚喜喔。那晚上就等妳過來了。」初春笑

著，約定好了時間便離開。

「為什麼會驚喜？你見過嗎？」

「這村裡的每個人我都見過，也很熟悉。畢竟外公是村長啊，我又從小就跟在身邊～當然都知道。」

從小？

古語知雖然好奇，還是忍住了詢問的慾望。

「我還沒去過外公的房間。」

「是啊～我還以為妳第一天就會想要參觀呢。」夏至宇笑著，然後領著古語知穿過院子，來到了右護龍的門。

她推開了門，傳來了木頭的香氣，一踏入便是外公的書房，牆上掛了許多與村民的合照，還有幾張全家福，以及媽媽的相片。

書櫃上則有著許多相本，還有村裡的一些記錄與文件，以及許多關於妖怪或是神明、還有鄉野傳說的書籍，正中央的書桌上沒有放東西。

整體來說，這裡十分乾淨。

「外公的房間在裡面。」夏至宇說著，而古語知跟著進到了下個房間，一樣木頭的床鋪，被子折得整潔，一旁的木頭吊衣架上沒有任何衣物，這裡就像是古語知曾經去參觀過的三合院樣本屋一樣的……整潔。

「外公是怎麼過世的？」她終於問了這個問題，彷彿她一來就應該問的。

「躺在床上閉著眼睛過世的，村民都說是很好的死法，說外公很有福氣喔。」夏至宇微笑著。

「……屋子是村民們收拾的嗎？」

「沒有，是外公親自收拾的。」夏至宇歪頭看著她，像是在等待她說什麼。

「外公該不會知道自己死期將至吧？」否則屋內整齊到不可思議，就像是外公率先收拾過一般。

「沒錯。外公知道。」夏至宇露出欣慰的笑容，「外公在前一晚告訴我，他的時間到了，所以寫好了要給妳的信放在桌上，他知道村民會幫他寄出的。然後他整理好了一切，告訴我等妳到來，幫助妳，並請妳留在這裡一段時間。」

「……外公怎麼會知道自己要走了？」

「他說他感覺到了，我也不清楚。」夏至宇聳肩，「外公盡量都不給人添麻煩，那封信也特別註明，在他過世後兩個月再寄出就好，我想或許外公連妳的暑假時間都算到了吧。」

「……怎麼可能。」古語知說著，卻忽然有些哽咽，「你知道土地公說，我們家的能力是在這片山才能顯現的，離開這裡就是普通人嗎？」

「是嗎？我不知道，外公沒有說過。」夏至宇既然都這麼說了，那他就更不可能知道，為什麼這片土地會給他們家族力量吧。

他們回到了書房，看著牆上外公微笑著的模樣，明明很陌生，可是古語知卻覺得很熟悉。

或許這就是血脈吧。

「你說外婆也很早過世了，難道外公都沒見過外婆的靈魂嗎？」

「沒有，連外公走了，我也沒看見他的靈魂。」夏至宇有些沮喪，「不過，外公走的時候，我看見了強烈的光在外公身邊，我想外公一定馬上就跟著那道光離開，修仙成佛去了。」

「呵，外公是這麼豁達的人嗎？」

「是啊，妳隨便去問問村裡的人就會知道囉。」夏至宇自信地說。

古語知這下才覺得有些慚愧，來到這裡這段時間，都沒有想過要去探聽一下外公的生前，就算再不親，也是自己的外公，況且目前看來，外公並不是不愛媽媽。那為什麼會要媽媽再也別回來呢？

她看向書櫃上，發現媽媽的東西都被整齊地收在一起，還根據年份排列著。

她小心翼翼地拿起了第一本。那是媽媽出生的那年，年輕的外婆與外公抱著媽媽，裡頭寫滿著對媽媽愛與期許。

再來是媽媽學會抬頭、爬行、走路等照片，外婆都細心記錄著。一路上媽媽的笑容都沒有少過，可以感覺得出來幸福滿溢。

而在十歲那年照片明顯少了很多，而後的字跡也不同，媽媽臉上總是帶著些微憂傷。

「外婆在那時候去世了。」夏至宇在一旁補充。

「那時候你就在了？」

「不，我連妳媽媽都沒見過，我是之後才來的。」

「咦？」古語知一愣，雖然夏至宇的外表感覺和自己差不多年齡，但是她一直以為夏至宇只是在與自己差不多的年紀過世，然後待在外公身邊很久了。

不過看起來好像不是那麼回事，夏至宇比自己想像得還要年輕很多。

而在同年開始，媽媽的表情也有些不同了，或許是因為外婆離世的關係一夜長大，就如同自己一樣。

不到一年後，笑容逐漸回到媽媽臉上，照片又多了起來。

一路來到大學之後，照片才又減少。倒是有許多媽媽和朋友出去玩的照片。

「啊，這是我爸爸。」她驚喜地在相片裡找尋到爸爸的蹤跡。

「我知道。」

「你見過他？」

「就上次他載妳來我見過呀，以前在相片也見過。」

「這樣哪算見過。」古語知繼續翻閱著，最後一張照片則是一台車子離去的背影。

「啊……」

「這是妳爸來帶妳媽離開的時候，也是最後一張了。」

「……這些年我媽都沒有跟外公聯絡過嗎？」

「沒有。但這是外公的囑咐。」

「為什麼？外公看起來很想念媽媽，也很期待媽媽能回來一樣，那又為什麼要這樣？」

「我也不是很確定，外公曾說過，妳回來以後會慢慢找到答案的。有些事情，外公是解決不了了。」

「我又能解決什麼，我什麼也不會啊。」

「怎麼會，妳不就解決了土地公的事情嗎？」

「那算什麼事情，我只是去說個幾句話。」

「那樣就夠了啊。」夏至宇搖頭，「妳不知道直達天聽是多厲害的一件事情嗎？」

「那些事情外公不是也做得到嗎？」

「但是外公現在不在了。」

「外公是個怎麼樣的人？」

「好好先生、溫柔先生、很有愛的好人。」夏至宇說著，他的語氣非常懷念。

「……這些照片我要帶走。」

「當然，那本來就是妳的。」

於是她整理好照片，發現旁邊還有許多媽媽從小的塗鴉，還有許多勞作的粘土等，外公居然連這些都留著。

在漫長的歲月之中，外公一個人與一隻鬼住在這已經沒有了妻子與女兒的地方，翻閱著這些照片的時候，會不會很孤單。

◇ ◇ ◇

畢竟自己初來乍到，和初春都不算熟悉，更別說初春的姊姊回來這件

事情了。而夏至宇雖然人家看不到他，不過他對村裡每個人都很瞭解。最重要的就是別人看不到他，古語知便提議要夏至宇一同去。

「要是我說錯什麼，你還能給我提醒一下。」

「沒想到妳也會在意禮儀啊。」

「真沒禮貌，我本來就很有禮儀觀念。」古語知說著，夏至宇倒是不苟同。

他們來到初春家裡，才剛坐下沒多久，門鈴就響起了，初春正在端菜便要古語知去開門，只是當古語知開門時，發現初春居然就站在門外。

「咦？」她愣住，眼前的初春也愣住。

「妳是誰呀？」對方開口，聲音也和初春一模一樣。

「初春，妳是故意整我的嗎？」

「妳是初春的客人嗎？我是初夏，她的姊姊。」沒想到原來初春與初夏是雙胞胎姊妹。

夏至宇在後面偷笑著，「不覺得很奇怪嗎？明明『春』在『夏』的前面，可是初春卻是妹妹，初夏才是姊姊。」

古語知也覺得很怪，不過取名這種事情也沒有一定。

「欸？」夏至宇忽然臉變得僵硬，快速地移動到了古語知的旁邊。

「有東西。」他說，古語知還以為是蟑螂，趕緊低頭看。

「初春，我回來了，我有帶朋友喔。」初夏回頭招呼著她旁邊的男性，只見一個黑色直髮即肩的男性靠過來，當房內的燈光映照在他的臉上時，古語知差點忘了呼吸。

她從來沒見過這麼美麗的男人，要說是完美的雕刻作品也不為過，細緻的皮膚與精緻的五官，眉宇間帶點憂鬱卻又不失英氣，現下的男藝人完全比不上他，簡直就是上天賜予的奇蹟臉龐。

「看呆了喔？」夏至宇在一旁有些不是滋味，「他就是那個東西。」

「什麼東西，沒禮貌。」

「啊？」初夏一愣，古語知趕緊搖頭。

「沒有沒有，我自言自語。」她得克制別在別人面前回覆夏至宇的話才行。

「對了，他叫清明，因為各種緣故，所以我帶他回來一起吃飯。」初夏語帶嬌羞，一看就知道對清明有好感，但清明只是輕扯嘴角的微笑，在某個瞬間，古語知覺得他的瞳孔看起來有些細長，甚至還是褐色的。

「該不會是男朋友吧。」初春端著菜從廚房走出來，一見到清明便驚呼，「哇！是大帥哥。」

「……！」清明一看見初春，雙眼睜大，露出的笑容更為真誠，「妳好。」

「來來來，快坐吧。我來介紹一下，這是我新交的朋友，語知。這是我姊姊跟她男朋友。」

初夏被這麼一說，臉都紅起來了還帶著甜笑，倒是清明馬上否認：

「我和初夏只是朋友。」

初夏的臉馬上垮下，瞬間餐桌有些尷尬。初春趕緊打圓場，要大家快點夾菜。

「來來，我來幫你們盛飯。」古語知將飯端給清明時，不小心碰到了他的手指，十分冰涼，涼到她覺得有些奇怪。

「會冷嗎？」她主動關切，但清明瞇起了眼睛，立刻縮回手後打量了她一陣子，然後才微笑說：「不會。」

或許是錯覺吧。

整頓飯吃下來氣氛十分愉快，從談話中可知，初夏平常住在中部，是個活潑開朗的女生，話題很多也很好聊。初春大多時間都在聽，還不忘夾菜給初夏，看得出來和姊姊感情不錯。

或許因為自己是局外人所以才看得更清楚。初夏明顯就是對清明有意思，然而清明的雙眼卻一直盯著初春看，那是一種帶有強烈愛意的眼神。

夏至宇一直在一旁碎嘴著：「快回家了啦。」

不知道是不是錯覺，古語知注意到清明似乎有意無意地瞥了一下夏至宇的方向，之後夏至宇就閉嘴了。

結束飯局後，古語知不做各種意義上的電燈泡，便主動說要先回家了。

「明天我們再一起玩吧，我想帶清明逛逛我小時候生活過的村莊。」初夏主動提議，古語知心想，或許是因為單數比較尷尬吧，於是同意了。

「明天見。」清明對古語知頷首，眼神在她臉上游移一下，好像意有所指，但古語知不懂。

◇◇◇

回去的路上，夏至宇走得飛快，古語知甚至都覺得他在飄移，才忽然

又好奇，夏至宇應該會穿牆或是飛天吧？

一抵達他們家後，夏至宇馬上大叫：「妳有感覺到嗎？」

「感覺什麼？」

「那個清明啊！妳沒有感覺到？」

「很帥啊，帥到不像人類呢。」

「妳的感想就只有這樣？好膚淺！」夏至宇大叫，「他就不是人類啊！」

「真的假的？」古語知震驚。「難道是男神下凡？」

「我真是瘋了！外公選妳，是明智的嗎！」

沒想到他居然懷疑起外公的選擇，這讓古語知覺得很新鮮，「不開玩笑了。他的確很帥，但也有種不像凡人的氣息……原來真的不是人類啊……」

「不是！他妖力很強，沒想到那樣的妖怪會來我們這村……」

「妖怪？居然還有妖怪啊……」

「怎麼感覺妳接受得很平靜？不信鬼神但是信妖怪嗎？」

「我還信精靈喔。」她隨便回答，「是什麼妖怪？」

「妳感覺不出來嗎？」

冰冷的溫度、細長的眼瞳，還有那蒼白的肌膚等等……

「是爬蟲類嗎？」

「看來外公沒選錯。」夏至宇馬上又見風轉舵地點點頭，「我聽外公說過這妖怪的傳說，但沒想過會親眼見到。」

「什麼妖怪啊？」她又問了一次。

「蛇郎君。」

◇ ◇ ◇

清明瞇著眼睛，在漆黑的夜中，他的視線也非常清晰。

初春正在漆黑的田中放置捕捉田鼠的陷阱，雖然月光皎潔，但還是不夠明亮。

「初春。」

「哇！」初春被清明突如其來的聲音嚇得踉蹌，對方趕緊上前攙扶住她，就這樣倒身在他的懷中。

在月光的照射之下，清明又與自己的距離如此貼近，忽然初春的心跳加劇，這是什麼樣的感覺？

為什麼她會覺得眼前的清明好熟悉？為什麼他的溫度與懷抱都這麼令人眷戀？

「清明，你還沒睡啊？」初春趕緊低下頭，企圖要離開清明的懷抱，可是清明抓得老緊，一點也沒有要鬆手的打算。

「我睡眠時間不多。」他低語著，那嗓音好輕，輕到就像羽毛輕輕掃

過她的肌膚，讓她起了雞皮疙瘩。

「是、是嗎？」她感覺到清明的手並沒有想放開她，「那個，我得要繼續工作了，你先……」

「我幫妳吧，是要抓田鼠嗎？」

「沒關係的，這種事情我來就好，你們都市來的不會啦。」

「我以前也生活在山林間喔。」清明鬆開了初春的肩膀，笑容可掬，「我是為了找人才進城的。」

「找誰呀？」

「找我畢生最重要的人。」他笑了笑，「以為這一次會在城中，沒想到還是在山中。」

即使聽不太懂，不過初春出於禮貌還是問了，「那找到了嗎？」

「嗯——」清明輕語，晚風吹拂著他的髮，讓他清明的雙眼在月光的映照下一覽無遺，「找到了。」

初春彷彿聽見了自己逐漸加快的心跳聲，看著眼前第一次見面的男人，她卻覺得好像很久以前就見過了。

而在屋內，站在陰暗客廳的窗戶邊，初夏正握緊著窗簾，渾身顫抖著。

◇◇◇

古語知沒聽過蛇郎君的故事，好在外公的書房有各種書籍，很快的便翻找到了。不過，即便不用看，夏至宇也倒背如流地講完了蛇郎君的傳說。傳說有很多種，但都大同小異……

某莊老叟育有三女，見到高山上的花園內杜鵑花朵美麗，便想摘取送給女兒，誰知花園主人竟是化形為美男子的蛇郎君。

蛇郎君表示，要將女兒許配給自己，否則就要毀了老叟之家，逼不得已的情況下，由家中最為孝順的么女出嫁。誰知蛇郎君寵愛妻子，柔情珠寶樣樣來，成了羨煞人的一對佳偶。

於是大姊不滿小妹如此幸福，便殺掉了小妹取而代之。小妹為了要提醒蛇郎君，先後化為青鳥、樹木等都還是被大姊阻擋。木頭被當柴燒烤紅龜粿，紅龜粿被放在棉被之中，總算重生回來。

蛇郎君因此殺掉了大姊，與小妹再續夫妻緣分。

「我都不知道從哪裡吐槽了。」古語知的感想就是如此。

「傳說本來就有很多不合理的地方，都能三人成虎了，何況是幾百年前的故事。」夏至宇倒是很理性。

「最奇怪的，就是紅龜粿放在棉被裡面就能重生為人？我問號。」

「妳沒聽過蠶的故事嗎？馬肉加女人加馬皮就能變成蠶寶寶。」

「我的天，那是什麼？」古語知搓著手臂，見到夏至宇就要接續解說，她立刻搖頭：「算了，我不想知道！」

「不過蛇郎君雖然妖力強大，但並不是壞妖怪。」夏至宇說，「可還是妖力強大的妖怪，仍是要有所警覺。」

「我還以為外公有什麼法力保護村莊之類，不讓妖怪入侵呢。」

「外公其實沒有法力，只是懂得一些皮毛，還有能和鬼神以及妖怪們溝通罷了。」夏至宇拍了一下牆壁，「不過房子倒是有堅固的結界喔，有惡意的妖怪或是鬼神都無法進來。所以要是妳遇到了困難，就趕緊回到屋子，保證安全。」

「直到現在已經沒有什麼事情令我驚訝了。」古語知將蛇郎君的傳說闔上，「不過他還真是癡情的妖怪呢。」

「是沒錯，不是所有妖怪都這樣的。因為他正巧愛上了人類，所以才會對人類好一點。妳不會想知道其他妖怪的事情。」

「謝謝，我沒有想知道。」古語知再次將頭髮綁成丸子頭，「走吧，一起去。」

「妳有發現他看得到我嗎？」

「當然有。所以一起去吧。」古語知對夏至宇伸出手。

「妳知道我碰不到妳吧？」夏至宇邊說邊用力把手往她手心打下去，想當然耳穿了過去。

「我知道，只是一個形式。」古語知雖然這麼說，心中的感覺仍是有些奇怪。

不僅僅是碰觸不到的奇怪，更是另一種小小的空虛。

明知道夏至宇是鬼，偶而某個念頭還是會一閃而過——如果他是人的話就好了。

隔天，兩人前往初春的家，意外看見初春一個人站在家門前。

「初春。」古語知招手，初春像是被嚇了一跳，然後馬上道早。

「妳怎麼一個人在這？初夏和清明呢？」

「一早就沒看見初夏，我想她大概有急事回家了。倒是清明我也沒看見，不知道去哪了。」初春說著，但古語知覺得有點奇怪。

「怪怪的吔。」夏至宇也發現了。

「啊，清明！」初春對清明揮手，他正從田裡走了過來，手裡還抓大田鼠。

「噫！」初春見到那田鼠發出了奇怪的叫聲。

「怎麼了？」古語知問。

「沒、沒什麼。」初春趕緊乾笑，「清明，你為什麼要去抓老鼠？」

「我只是想說多少幫上妳的忙。」清明露出好看的微笑，並把田鼠丟到一旁的桶子之中，「我們出發吧。」

「初夏不在，你不擔心嗎？」初春忽然問。

「初夏……她都是大人了，會照顧自己的。」清明的話讓初春低下了頭，看起來很失望。

這一切古語知都看在眼裡，要不是她先看過了蛇郎君的故事，要不是她不知道哪來的該死直覺，要不是她想起了「歷史總是驚人的相似」這句話。

「初夏。」

眼前的初春一愣，露出了極為不自然地笑容：「妳在說什麼呀？我是初春啊。」

「妳穿著初春的衣服，也梳了初春的髮型，可是妳不是初春。」古語知一說完，瞬間清明往後一跳，雙眼露出凶光。

這一瞬間，夏至宇忽然快速擋到了古語知面前，像是在保護她一樣，這讓古語知有些驚訝，也有些高興。

原來夏至宇會保護自己的嗎？

「我的初春去哪了？」

眼前的清明哪還是翩翩美男子的模樣，根本就是尖牙畢露，連眼睛都變成了黃褐色，細長的瞳孔就跟蛇一樣。不過，他就是蛇啊。

「什麼你的初春，她是我妹妹啊！你怎麼跟我妹妹才剛見面，就喜歡上了她？明明是我先認識你的啊！」初夏哭泣著，語帶控訴。

古語知原先還想，清明完全顯露出了自己不是人類的模樣。可是眼前的初夏好像不以為意，還在埋怨著先來後到這種事情。

「只有在妳眼中他會是那模樣喔，在其他人類眼中就是人類的樣子。」

「你看到的跟我一樣嗎？」她低聲問。

「跟妳一樣，但又比妳更多，畢竟我是鬼呀～」

夏至宇第一次爽快地承認自己是鬼，雖然跟古語知認知中的鬼不太一樣，畢竟現在可是大太陽呢。

但，夏至宇真真切切，就是一隻鬼。

「咦？你們怎麼還沒出發啊？」乍然真正的初春，居然抓著一隻雞和一條魚，從另一邊出現。

現場所有人都愣住，這是怎麼回事？

「初春？妳沒事吧？」清明立刻跑到初春身邊，焦急地上下打量。

「什麼啊……你以為我會對我妹做什麼事情嗎？」初夏覺得不可思議地大叫。

清明沒有回話，但古語知猜想，或許以為初夏會殺了初春吧，畢竟自己稍早也那麼認為。

「怎麼回事？初夏，妳一下就被識破了嗎？哈哈。」初春還有點狀況外，提起了一大早初夏就建議兩人交換穿著，看看會不會被認出來身分。

「妳去買菜嗎？」古語知看著那些食材。

「是啊，出門前想到有跟林嫂訂了魚和雞，得先過去拿呀。」初春笑著回答。

清明鬆了口氣，「還好，我還以為……」

「你、你做什麼靠我這麼近？」初春有些尷尬，不好意思地往後退，還偷瞥了初夏。

看來她也明白自己姊姊的心意，但微紅的臉此刻卻無法隱藏。

「算了，我要回去了。」初夏將初春的外衣脫掉，「清明你就留在這裡吧。」

「咦？初夏，怎麼了？」初春急了，初夏只是眨眨眼睛。

「我看清明很喜歡妳啊，反正爸爸老是不在，妳也需要幫手，就讓清明在這陪妳吧。」初夏邊說邊拿出手機，然後皺了眉頭，「這裡老是收不到訊號，要叫車都沒辦法呢。」

啊，好熟悉的對話內容啊。

「妳真的要回去了？」初春有些害羞，不知怎地竟然也沒有反駁。

「嗯，其實我打工也很忙的～」初夏又看了清明一眼，不知道為什麼，

此刻對清明的愛慕彷彿都消失了。

就好像她的使命，只是把清明帶來給初春一樣。

遙想起第一次見到清明，她就覺得一見如故，可是更多的是一種想逃離的恐懼。但那種恐懼僅出現於一瞬，很快地她就被清明的面容給吸引。

然而，清明開口的第一句話卻是：「妳有妹妹嗎？」

這也是為什麼，清明會跟著她回來的緣故。好像從一開始，他就是在找初春一樣。

初夏一邊忍著淚水，一邊往村口走去，還要初春別送她了。

「那我送妳吧。」古語知自然說道。

他們一路走往村口，這條路古語知沒有走過，雖然也不是太寬敞，但也足夠兩車交會。

走沒多久，就來到了稍大的馬路，她甚至可以看見派出所就在那。

「咦？村口離馬路這麼近？」古語知不敢相信。

「是啊，妳不知道？」初夏有些驚訝，比了一旁的站牌，「還有公車呢。」

「什麼？」

原來村莊並不是完全與世隔絕嗎？雖然這樣也還是很偏僻，但對比第一天根本走不出去的狀況相比，難道自己就是個笑話？

夏至宇在一旁爆笑出聲，「就說了，當妳想要離開，就走不出去。而若妳願意佇留，就能找到出口。」

古語知怒視著他，這讓初夏有些好奇，「妳有陰陽眼嗎？」

「啊？」

「不然我看妳好像偶而會看別的地方，還會自言自語的……我媽曾說過，爸爸的村莊有些古怪，好像有很多有靈氣的東西存在。可是她並不會害怕就是了。」初夏盯著古語知一會兒，又看向了夏至宇的位置，「果然山上還真神奇呢，我忽然覺得，清明好像也怪怪的了。」
古語知乾笑，這時候公車來了，初夏便上了車。
「她大概就是被蛇妖迷惑了。」夏至宇說著。
「不覺得初夏放棄得太快了嗎？」古語知原來還以為會有場腥風血雨呢。
「因為靈魂也投胎好幾輪了，傳說不是寫了她不斷殺了自己的妹妹？可是她還能投胎成人，我想或許就是有附帶條件吧。」
「附帶條件？」
「例如每一世都註定要失戀，並且把蛇郎君帶給妹妹之類的。」夏至宇也只是猜測。
「但是蛇郎君是妖怪，投胎這種事情是神佛決定的吧。他們會幫妖怪嗎？」
「或許蛇郎君比較特別一點吧。」夏至宇聳肩，「妳知道妳現在要做什麼嗎？」

「回家啊。」

「不對，妳得要去跟那個蛇郎君聊聊。」

「為什麼？」她驚呼。

「一個大蛇妖看起來就要在我們村裡定居欸，妳身為村長孫女，好歹也得了解狀況，然後跟土地公匯報一下吧。」

「我還得做這種事情？以前外公也會？」

「當然啊！不然你以為這片山這麼多妖怪還又鬼又神的，怎麼和人類共存？」

「很多妖怪？」

「妖怪越多的地方，自然氣息越濃厚。妖怪是自然的產物啊。」夏至宇說了一句彷彿很有哲理的話。

「……我知道了。」古語知看了一下這條公路，還有那搭上就能離開的公車。

明明才沒幾天，她竟然已經沒有想離開的念頭了。

說實在的，她也有點好奇蛇郎君的去向。

回到了村裡，他們看見初春正和清明在聊天，並察覺到那兩人身旁的粉紅泡泡多了不少。她便靠了過去，「初夏已經上車離開了，她說會再打電話給妳。」

「原來是這樣……」初春看起來有些失落，又看了一眼清明後紅起臉蛋，「對了，我要先去燉雞湯。語知，妳晚上也過來吃飯吧。」

古語知看了一眼清明的臉，然後搖頭說：「我就不當電燈泡了。」

「不用這麼說，就過來吧。」倒是清明直接了當，「我聽初春說妳是這裡當家的，那我有點事情想跟妳聊聊。」

「什麼當家的，我只是來過暑假……村長是我外公，但是他已經過世了。」古語知澄清，她可是還有自己的生活。

「隨便。」清明一點也不在意細節，畢竟這也只是藉口。

於是他們三個往樹林那走去，一來到隱密處，清明也不再偽裝，便直接看向夏至宇問：「我看這裡的結界限制鬼。你怎麼能在這？」

古語知驚訝地看著夏至宇，原來整個村都有結界嗎？

「我是唯一一個特例，畢竟我是由外公照顧的。」夏至宇倒是抬頭挺胸，很是驕傲。

「這片山林很純淨……果然是有高人守護。」清明虔誠地閉上眼睛，似乎在祈禱或是感謝，接著他張開眼，那雙眼又再度變得像是蛇一般。

「容我發問，你應該是打算在這生活了吧？」

「是。我的妻子在這，我就也會在這。」

「妻子？你已經跟初春求婚了？」這動作也太快了吧。

「不是啦，想必初春是他最原始的老婆，但妻子是人類啊，會不斷轉

世，所以每當妻子離世又轉世後，他就會這樣找尋妻子再續前緣。」

「大致上都對。」清明挑眉看著夏至宇，「我不能確定妻子會轉世到哪，只能感覺到她來到世上，所以我得一直找尋……直到見到她的眼睛，就能認出她的靈魂。」

「初夏應該就是她姊姊的轉世吧？」

蛇郎君點頭，「第一世她加害我的妻子，殺了她好幾遍，往後的每一世她也都會找我妻子麻煩，只是這幾世下來逐漸沒那麼極端了，最近幾次甚至如同這一次般乾脆放手……」

「靈魂也是會進步。」夏至宇說。

「難道真的是神佛的幫忙？讓初夏的靈魂轉世，就是為了能帶你找到初春？」古語知插嘴。

「或許是、也或許不是。」蛇郎君說著，「但無論是怎樣，我都會一直尋找每一世轉世投胎的妻子，與她再續前緣。」

「那你在這裡定居……」

「我在這裡生活，不會打擾到原有的妖怪作息與地盤。我唯一的希望，就是和妻子安安穩穩地過完這一世。」

「這就沒問題了！」古語知倒是乾脆，「那我去跟土地公說一聲，你有空也去打個招呼吧。」

「那是自然。」清明點點頭。

「對了，我有點好奇，你的真身長什麼樣子？」忽然古語知提出疑問，「喔，我沒有要看真正的模樣……我是想知道，在書裡面寫到你美男子的外型，就是現在這模樣嗎？」

「這是什麼問題啊！這重要嗎？」夏至宇在一旁怪叫。

「很重要啊，我這輩子可能再也沒有機會見到這麼帥的人呢！」古語知點著食指裝起可愛。

「就當做見面禮吧。」清明說完，忽然變成了長髮的男人，他的黑色長髮即腰，部分頭髮還在後腦扎起了一小球，身穿紅色漢服，腰間還掛有玉佩與流蘇。

「紅色不會太顯眼嗎？」夏至宇的第一感想居然是這個。

「倒是很適合蛇郎君的氣質。」古語知則笑了。

眼前的男人一笑，看起來妖魅無窮，接著，瞬間又變回了此刻清明的模樣。

「外型也得與時俱進。」清明說著，微微頷首以後便離開了此處。

「話說，他還真謙虛。」

「什麼意思？」

「要是他有意願，他幾乎可以搶走這裡大部分的地盤。」夏至宇搖頭，「果然愛上人類，就是蛇郎君最大的弱點啊。」

「我覺得挺浪漫的啊。」古語知歪頭，「要是你愛上人類了會怎樣？」

「人鬼殊途啊……。是能愛上誰？妳嗎？」

「嗯。」古語知吐舌，換來了夏至宇的不滿。

「誰知道呢，說不定最後是妳會喜歡上我喔。」夏至宇充滿自信，古語知覺得不可能。

不過，古語知卻想起了在蛇郎君以為初春被傷害而露出殺意時，夏至宇第一時間衝到面前保護自己。

雖然他是鬼，但是被妖怪傷害的話應該也很不妙吧？

可能會魂飛魄散之類的……？

一想到這裡，又想到他如此毫不猶豫地擋在自己面前……

古語知的嘴角泛起了淺淺的微笑，讓她心情好得不得了。

# 迷途的靈魂

古語知來到這也有兩個禮拜了。她現在在村裡散步，有時候往村口的方向走，都能見到往來的公車與馬路，這讓古語知覺得十分神奇，但她一點也沒有想坐上公車離開的念頭，這真是不可思議。

「什麼？又來了？」

派出所裡面似乎因為什麼事情而喧鬧著，古語知出於好奇，便假裝在看一旁的布告欄。

「張家村這個月已經有兩個女人接連流產了，她們宣稱都看見了老

虎……報警要消防局去抓老虎……」

「要找消防局就要打消防局的電話，怎麼會報警呢？而且消防局也不抓老虎，重點是，臺灣根本沒有野生老虎啊！」一位中年的警察劈哩啪啦講了一串，另一個年輕的警察都要哭了。

要是以前的古語知聽到這一段，肯定不會當一回事。可是此刻她卻覺得兩個女人說的話，或許需要考證一下。

於是她回到了村莊，經過初春的田地時，還看見她正和清明在裡頭整理菜園。而清明甚至徒手又抓到了田鼠，這讓初春樂得開懷。

自從清明來了以後，初春的笑容更多了，也不用再自製陷阱抓田鼠了，兩人的戀情似乎急速加溫。

這種無論輪迴幾次，都還是會找到彼此的愛情，沒想到在現今社會還是存在，誰能想到就連妖怪都比人類深情呢。

「妳在做什麼？」夏至宇忽然出現在一旁。

「我在看初春笑得真開心。」

「妳居然沒有被我嚇到。」

「我可是外公的孫女，怎麼可能會被這種事情嚇到。」

「唉喔，長大了喔。」夏至宇做出了撫摸她頭頂的動作，當然是碰不到她。

「你知道即便碰不到，也能算是性騷擾喔。」古語知說。

「是嗎？哪個警察可以抓我呢？」夏至宇俏皮地回應。

「說到警察……我剛才到了前面的派出所，聽到一件奇怪的事情。」

「哇～妳沒有逃走真是太棒了。」夏至宇覺得孺子可教也。「所以是什麼事情？」

「他說張家村這個月已經有兩個女人流產了。」

「哇賽，在這小村子有人懷孕已經是大喜了，沒想到還有兩個。但是又都流產，那真是令人難過。」

「而且她們都說看見了老虎。」

「老虎？妳是說那個老虎？」

古語知點頭，「臺灣沒有野生老虎。一個人說就算了，但是兩個都這麼說，我就覺得怪怪的。你知道有什麼妖怪或鬼神是老虎嗎？」

「妳現在也有雷達了。」夏至宇摸著下巴思索，「我只記得土地公廟下方有虎爺，但虎爺是保護孩子的。」

「我還知道有虎姑婆，會吃掉小孩……虎姑婆也是真的嗎？」

「外公說那是真的喔，真希望一輩子都不要看到。」夏至宇搓著手臂十分害怕。

「那我們先到土地公廟去問問看好了。」

兩人前往土地公廟，卻見到土地公揹著背包似乎要出遠門。

「您要出門啊？」古語知喚住了祂，驚訝著神明也需要揹行李？

「是啊，正準備要回去開會。」土地公和夏至宇打了聲招呼，「你們

怎麼啦？」

古語知連忙把剛才的事情再說一遍，這讓土地公皺起眉頭，「唉啊，這真是糟糕，那大概是黑虎或白虎幹的好事，但我得回去一趟……」

正殿的桌下爬出了一隻黑色老虎，祂表情有些嚴肅，而土地公則摸了摸祂的頭頂，「沒事沒事，好處理。」

「您是說這隻黑虎嗎？」古語知說完，眼前的老虎馬上面露凶光，還呲牙裂嘴，十分不高興古語知的話。

「哎呀，當然不是啦，呵呵。」倒是土地公呵呵笑著，「我開會的時候會提一下這件事情，請人來處理……在此之前，妳或許可以先做點祭祀，看有沒有機會把牠們趕走。」

土地公看了一下天空，「再不走就來不及了，我先走了。」說完後，居然跳坐到了那隻虎爺身上，接著祂前腳一撲，就這麼往天上奔去，瞬間消失在空中。

「哇賽，好酷！」古語知真是大開眼界。
「我也是第一次這麼清楚看見虎爺。」夏至宇十分感動。
「剛才土地公說的黑虎白虎是什麼？」古語知發現夏至宇看著她的眼神很奇怪，「幹麼那樣看我？」
「妳有發現妳稱呼土地公為土地公嗎？」
「不然要說福德正神嗎？」
「不是啦！妳之前都不願意承認不是嗎？還說什麼老先生的。」
「那都多久的事情啦！」古語知聳聳肩。
「其實也沒多久~」夏至宇調侃，「外公一定很欣慰。」夏至宇又再一次伸出手撫摸她的頭，一樣沒有任何感覺。
可是這一次，古語知卻希望若是他真的可以碰觸到自己那就好了。

◇ ◇ ◇

他們回到了外公的家，看看有沒有筆記或是書籍紀錄到關於黑虎白虎，很快的在其中一個本子裡發現了簡短的介紹：「白虎傷胎、黑虎吞胎。」

「夭壽喔，那一定就是這個。」夏至宇怪叫。

「聽起來還真可怕……」古語知翻找其他頁數，看看有沒有解決的方法，可是卻沒有任何紀錄。

「怎麼會這樣？」

「有可能是很少出現的妖怪，或是外公都知道怎麼處理，所以才沒特別記錄下來吧。」

古語知思忖，「這時候網路就派上用場了。」

「網路會有嗎？」

「這個時代，網路什麼都會有！」古語知說完，立刻就前往活動中心。

難得今天小藍那群臭小子們沒有在這用電腦，古語知趕緊卡位，按下

了開機，結果慢得要死，這讓古語知的耐性就要被磨光，「村裡為什麼不買一台新的電腦？」

「大家也很少在用啊。」

「為了跟時代接軌，還是要更新一下設備吧！」

「若是太進化，純淨之氣就會消失，那麼這片淨土或許也會消失。」夏至宇有些感傷，「對妖怪來說，那無疑是生活的地方再次被剝奪。」

「……」只不過是買台新電腦，有這麼誇張嗎？

古語知雖然想這樣回，但還是把話吞回了肚子裡。

沒想到人類除了野生動物外，連妖怪的棲息地都可以奪取，或許人類才是最強的存在，就跟蟑螂一樣。

等了約莫五分鐘後，電腦終於開機，好在搜尋不會花太久時間，很快找到了如何「謝白虎。」

謝，是謝絕的意思，也就是請白虎離開。

她飛快記下步驟，並且找上初春，詢問哪裡有材料可以蒐集。

「金銀紙、白飯、豬肉、竹籠這些都很簡單，我馬上就可以拿給妳。但是紙糊的白虎可能要去問江婆婆，她那裡或許會有。」初春邊說邊走進屋內。

「這些東西，是要謝白虎？」清明不愧也是妖怪，馬上就知道他們要做什麼。

「還是清明你能把牠們趕走？」

「別鬧了，我是蛇吔。」清明的回覆讓她有聽沒有懂，就算是蛇，清明也是很強大的妖怪吧？

不過還是別多問得好。

初春將東西都放到竹籠後交給她，然後指引了江婆婆家的方向，夏至宇早就已經跑在前面帶路了。

「很可惜我沒辦法幫妳拿。」夏至宇看著那籃竹籠，雖然不沉，卻也

有些重量。

「沒關係。」古語知走在夏至宇的後方，看著他的背影。

他看起來就像是一般人類一樣，身體沒有變得透明，就連腳上都有鞋子，他甚至回家還會脫鞋子呢。即便能穿牆，但夏至宇還是會堅持走門。要不是他無法碰觸到自己，別人也看不見他的話，她都會忘記夏至宇是隻鬼。

「就連現在，你都是用走的……」

「什麼？」

「你明明是鬼，為什麼不穿牆飛天呢？你應該做得到吧？」

「為什麼覺得我做得到？那沒這麼容易，必須是道行高的人才辦得到的事情。」

「因為你都能在太陽下出現了，我想那些應該不難吧。」

「哇，妳觀察入微呢。」夏至宇對她比讚。「因為外公要我活得像個人類，這樣才不會忘記人類的心。」

「喔……」這一句話怎麼聽起來怪怪的呢，夏至宇根本不算是活著啊。「我可以問你死多久了嗎？」

「二十一年了。」夏至宇說，「不過，我不算死。」

「啊？」古語知停下腳步。

他在說什麼？

「啊，我們到江婆婆家了。」夏至宇說著，而坐在門前的江婆婆看見古語知，便招呼著要她過去坐，讓她沒辦法追問夏至宇的話。

◇◇◇

江婆婆一聽到古語知要紙做的白老虎，接著又看到她旁邊放的竹籠裡的材料，馬上說：「是要謝白虎嗎？」

古語知睜圓眼睛，「婆婆知道這個儀式？」

「當然知道啦，只是越來越少人做了，畢竟現在醫療發達啊……」

「可無論哪個時代，生產從來就都不是輕鬆的事情。」古語知回道。

「是啊，那是當然的……不過為什麼要謝白虎呢？村裡現在有誰想懷孕懷不了嗎？難道是初春？她最近有了男朋友……」沒想到江婆婆也是挺八卦的，不過這些話讓古語知覺得有點不對勁。

「不是我們村裡，是隔壁張家村。」

「張家村的人拜託妳嗎？他們自己不是也有神婆，老是偷偷跑來這裡要我們幫忙辦事，真是……」

夏至宇挑眉，在一旁解釋說：「張家村的神婆因為血緣稀薄，幾乎沒有神力只剩下頭銜了。所以張家村如果有什麼解決不了的事情，還是會私下找外公幫忙。」

古語知忍著不回應，然後接著又問：「他們沒有拜託我，是我經過

派出所聽見的，打聽了一下……想說我可以準備好材料，讓他們自行祭拜……」

「石女為什麼要找派出所？」

「石女？那是什麼？她們是有兩個婦女接連流產，又說看見了老虎……」

「哎呀，那謝白虎就沒有用呀，她們那兩個是看見黑虎了吧。」

「咦!?」江婆婆的話，讓兩人瞪大眼睛面面相覷。

「白虎是會讓女人懷不了孕，變成石女。雖然也是有人被白虎作祟後還是能懷孕，可是最後胎兒也是會被吞噬……若是看見黑虎，不只會吃掉胎兒，也可能會吃掉婦女。得先搞清楚她們看見的是哪種虎。」

「是這樣啊……那如果是黑虎怎麼辦？」

「黑虎就……我也不知道……」

這樣看來，也只能到張家村去確認是白是黑了。

於是古語知還是先拿下了紙白虎，便與夏至宇一同前往。

「說到白虎和黑虎，我怎麼感覺好像也有看過？」

「你見過？」

「只是感覺，但是又不確定。」夏至宇聳肩，「好像很小的時候有看過，也不知道是不是記錯了。」

他記得柔順的毛還有溫柔的貓眼，似乎還曾經躺在牠的背上過。

「會不會是土地公那邊的虎爺？」

「不是，虎爺時常都待在下方休息，只有土地公請祂出來時才會出現。」

「但不可能是黑虎白虎吧。他們感覺是很兇的妖怪。」

「是啊，如果是小時候遇見的話，我應該會被吃掉。」

「他們也會吃出生後的小孩？」

「不是，我是說我小時候，不是出生後。」夏至宇又說了怪話。

「什麼意思？你很小的時候就死掉了嗎？」

「正確來說，我好像還沒出生就死掉了，但外公說那不算是死掉，只是還沒出生。」

雖然還是聽不懂，但是提著竹籠又要走山路，加上頭頂太陽，這讓古語知滿頭大汗地，也沒有力氣繼續問。

「請問啊……」就在他們過了馬路，才剛經過派出所後沒多久，便見到了幾組登山客的蹤影。

其中一對老夫妻忽然上前問路，他們看起來和藹可親，只是有些困擾。

「有什麼事嗎？」古語知放下了手上的竹籠。

「我們要去島山村，該往哪邊走呢？」一頭白髮但看起來氣色很好，也站得挺直的妻子問。

「啊，在那邊喔。」古語知有些訝異，因為島山就是他們的村，「請問你們要找誰嗎？」

「喔，朋友說有事情要麻煩我們，希望我們馬上過來，要先去看看狀況。」她溫柔笑著。

「真是的，平常也沒有送禮，結果一句話就要我們過來。」在一旁的白髮爺爺看起來有些嚴肅，不過語氣並沒有厭煩。

「你也真是的，他不是常送我們禮品嗎？」

「這一次要拜託我們也得先送禮啊，怎麼就只叫我們先過來。」老先生咕噥著，他皮膚黝黑，看起來平時有在運動，身材維持得很好。

「他就是被寵壞了啦。謝謝你們，那我們就先過去了。」

「嗯。」

兩個人對他們頷首，然後就過了馬路。

「奇怪，他們是誰的朋友？」

「不知道，沒見過。」夏至宇也覺得奇怪，居然有他不認識的人。

「好了，我們得先快點過去了。」古語知又拿起竹籠，往張家村走去。

◇ ◇ ◇

他們找到了那兩個流產的女人，精神狀況都不太好，還一直在哭。不過總算也問出了事情經過。

兩個人說的故事大同小異，都是在夜晚回家的路上，聽見旁邊的樹林有聲音，出於好奇而靠近，就看見一隻黑色的大老虎瞪著她們，然後還張嘴吼叫，嚇得她們立刻跑回家。

然後，都在隔天後，就感覺到肚子不對勁，送到醫院時已經來不及。

她們一開始認為，是被驚嚇到所以流產了，可是兩個人的經歷都差不多，再加上村裡從來沒有聽過有老虎，而且那還是一隻黑色老虎啊。

當時她們以為是夜色的關係所以錯看了，可是直到現在，兩人都還會

夢見黑色的老虎盤踞在她們身邊，彷彿在期待下一頓餐點。

這下子，古語知沒了頭緒，於是來到廣場處休息，古語知嘆了一口氣，「夏至宇，我們只知道謝白虎的方式，但要怎麼謝黑虎？」

「還是把白虎塗成黑色呢？」

「其實我也這樣想。」古語知拿出竹籠裡的紙白虎，聰明的她預先放了黑色的麥克筆在裡頭。

「那不然就馬上……」

「妳在這做什麼？」一個中年的女人帶著些微怒氣走過來。

「是他們的神婆。」夏至宇在一旁介紹。

神婆？這年紀居然用「婆」這個字，古語知還以為年紀會更大。

「啊，您好。我是來問問看……」

「我知道妳來做什麼，妳在打聽流產的事情。但這不是你們島山村的事情吧，為什麼要踰越權限來管我們的事情？」神婆看起來非常不滿，或許是因為工作被搶走，又或許是古語知的行為讓她丟臉，總之，她現在過來，就是要宣示自己的主權。

「我很抱歉，我只是想要幫忙。」古語知也理虧，自己應該要先跟神婆打招呼的。

「夠了，妳現在就快點離開吧。」

「我會的。但我準備好了祭祀的東西，這是黑虎搞得鬼，只要……」

「我自己會看著辦！快走！」神婆打斷了古語知的話，其他的村民也偷看著狀況而不敢發聲。這件事情本來就是古語知自作主張，所以她也只能摸摸鼻子離開。

張家村的人也明白自家神婆的能力不及島山村，但神婆畢竟是村莊裡頭的人，且神婆家族也是一路傳承，怎麼樣也得站在自家人這裡。

於是村民目送著古語知提著竹籠再次離開，夏至宇在一旁嘆氣，「那個神婆能力太低了，她連我就在旁邊都沒看到！」

「算了，如果他們真的需要幫忙，會再來找我們的。雖然我也不確定能不能幫上忙就是了。」

「妳都提醒她是黑虎作祟了，她會應該也會自行祭拜的啦。畢竟該有的常識還是有。」夏至宇安慰道。

就在此刻，古語知感受到一陣壓迫，她立刻回頭，只見一旁的樹林有雙黃色眼睛正盯著她看，對上眼的瞬間對方立刻跳開。古語知想也沒想，丟下竹籠就追了上去。

「是黑虎！」

「啥？等等！不要過去啦！」夏至宇驚慌失措，他馬上追了上去。

古語知在樹林間奔跑，她清楚看見，前方有隻巨大的黑色老虎。雖然牠的身影若隱若現的，但古語知看得可清楚了，不會讓牠跑掉的。

就這樣追著黑虎來到了樹林一處略微開闊的地方，黑虎停了下來並轉身，虎視眈眈地瞪著她。這還是古語知第一次近距離看到老虎，就連去動物園也沒有這麼清楚見過。

不過，眼前的並不是真的老虎，而是虎妖。咦？虎妖也是老虎變成的吧？

在這種緊張時刻，古語知的腦中還是有空亂想。不過這瞬間她也有點後悔了，憑藉著衝動追上了，壓根沒想過要怎麼對付牠。

如果牠忽然張口要吃掉自己呢？等等，黑虎吞胎，那應該只能吃胎兒吧？

「我真的是敗給妳！」再一次的，夏至宇又擋到她面前，「怎麼樣也是妖怪，還是不好的那種，妳怎麼就這樣追上了？」

「欸！你不要擋到我前面，你是鬼吔！牠傷害你應該更容易吧？」

「那妳就不要這樣讓我擔心，我答應外公一定會保護妳的！」夏至宇回頭，帶著怒氣對古語知吼，卻讓古語知的心頭暖了起來。

她的眼睛有些濕潤，不過她很快打起精神，伸手要抓住夏至宇的肩膀，可是手卻完美地穿過他的身體，這一刻讓古語知好恨，為什麼不能拉著夏至宇逃跑呢？

他可以保護自己，她卻沒辦法保護他。

黑虎俯身威嚇，接著衝了過來，夏至宇不畏懼地飛撲過去，黑虎虎掌一抓，好在夏至宇閃得快，但是衣服還是被抓破了。

「啊！」古語知尖叫，「我們快逃了！不要打了！」

「牠一定追得上我們，妳先逃！我來牽制住牠。妳只要逃回島山村的地盤，牠就沒辦法進去！」夏至宇喊著，下一秒就被黑虎撞飛。

古語知再次尖叫，上前想要幫忙，夏至宇卻要她快逃。

「哎呀哎呀，就知道走錯地方了。」忽然，剛才在路邊遇見的老夫妻出現在這，老太太還把背包放了下來。

「等等，老太太，危險！」古語知伸手要阻止他們，甚至在黑虎撲

過來時，往兩位老人家位置去用肉身抵擋。這時，那位老先生立刻衝過來，將古語知往後一護。

「傻孩子。」老先生疼惜地說，下一秒，神奇的事情發生了。

老先生手掌往前，黑虎的額頭貼在他的掌心無法移動，黑虎發出嗚嗚的聲音，而老太太則走到旁邊，伸手摸了摸黑虎的頭，一路往下順滑，黑虎就在她的觸摸之下，身體逐漸縮小，變成了一隻黑色的老虎布偶。

老先生則順手撿起了黑虎布偶，然後掛在自己的背包上。

這時候古語知才發現，他們的背包上有許多黑色與白色的老虎吊飾。

「哎呀哎呀，還好靈魂沒有受傷。」老太太來到了夏至宇的面前，溫柔的手貼上了他的臉。

「咦？」古語知和夏至宇異口同聲，因為老太太的手掌穩妥地貼到了夏至宇的臉頰上。

一股暖流充斥著夏至宇的身體，所有的疼痛都消失了，連破損的衣服

都恢復原狀。

「這是……」古語知很是驚訝。

「哼，你們家的老頭只說村裡需要幫助，沒說清楚是隔壁村。讓我們以為是島山村。」老先生將背包揹了起來。「一進到島山村我們就知道絕對不是那裡出事了，氣息那麼純粹，還有強大的妖怪鎮山，怎麼可能放任白虎和黑虎作祟呢。」

「難道土地公說的幫手……」夏至宇驚訝地看著他們兩個。

老太太溫柔地微笑，扶起了他，「是呀，我們會將黑虎帶走，這裡的婦女不用再擔心了。」

然後她轉過身，「我剛才看見竹籠裡的東西，一時間還沒有聯想起來，現在想想，妳是準備要謝白虎吧？沒想到現在還有人知道這個儀式。」

「啊……是啊，網路找的。」

「哼，現在網路什麼都有，過沒多久，信仰就會從人間消失了。」老先生不服。

「好了啦，既然事情解決了，我們就繼續遊山玩水吧。」老太太也過來揹起了背包，牽著老先生的手，兩個人就往前走去。背包上的黑白老虎左右晃動，就像是活著的一樣。

「他們是……」古語知愣著，而夏至宇已經來到他們身邊。

「原來不是我的錯覺，他們在村口就有看見我了。」夏至宇驚訝著身體完全恢復了，「我想是床公、床母吧。」

「床母？會逗嬰兒笑的、保護嬰兒的床母？」

「是啊。」夏至宇笑了笑，「傷害胎兒的與保護嬰兒的對決，看來是保護方贏了。」

「結果我們什麼都沒做，你還受傷了。」古語知覺得自己太自不量力了，要不是他們即時出現，夏至宇會怎麼樣簡直不敢想像。

「妳怎麼會沒做什麼？妳發現了這件事情，主動地想要幫助，要不是你跟土地公說，那床公、床母也不會過來了。」夏至宇看出古語知的沮喪。

「謝謝你安慰我。」

「這不是安慰，是發自肺腑。」夏至宇伸手再次想摸摸她的頭，然後自嘲了一下，「啊，我又碰不到。」

「是啊，真可惜呢。」古語知也輕笑。「外公碰得到你嗎？」

「當然不行，我又不是人。」夏至宇說。

「也是。」

如果，她能碰到他，該有多好？

「好啦，我們回去吧。」夏至宇說著，緩緩地就往前走。

看著他的背影，對於一起回家這件事情，古語知有些慶幸。

「嗯。我們回家吧。」

他們兩個離開這片樹林，而方才的床公、床母繼續往下一個地方遊山玩水去。

「剛才的那個……」床母開口。

「那不是我們能管的事情。」床公馬上阻止她說下去。

「唉……真可憐啊。」

「別可憐了。」床公說。

「那迷途的靈魂。」床母搖頭，她心疼所有孩子的純潔魂魄。

心疼那個，靈魂長大的男孩。

# 山林間的遊戲

小藍他們最近喜歡到樹林裡玩，不過在這裡的孩子本來就是大自然的孩子，樹林和這片山對他們而言都是家。

大人還是會叮嚀，得在太陽下山前回來。

「畢竟山上有很多精怪。」夏至宇嘴含著吸管，練習要把杯中的飲料吸起來。

「就算真的吸得起來，但你能喝嗎？」古語知好奇地問。

「誰知道呢？總是要做了才知道吧。」夏至宇倒是很樂觀。

「……對了，你到底是……什麼狀況？」

夏至宇停止了原本的動作，「我以為妳一輩子都不會好奇呢。」

「怎麼可能不會好奇。」

一開始的確不在意，甚至只想離開，可是在這裡的時間久了，她也產生了一種羈絆。她喜歡這個地方，也喜歡和夏至宇相處。

「我大概兩歲左右開始跟外公生活。」

「啊？所以你是之後發生意外……」

「不是，我從兩歲開始就是這樣了。」夏至宇說著不可思議的事情。

他對兩歲前的記憶模模糊糊地，但外公說過，兩歲前是有別人在照顧他的。

他從一開始就是靈體，不是兩歲死掉變成鬼來到外公這裡，是他「一出生」就是靈體，並不是死掉才成為靈魂，而是尚未出生的靈魂。

每個人都有所歸屬，所以，他沒有地方可以去。

可惜的是，外公沒有辦法幫他找到歸屬。

「外公說，妳可以幫我找到。」

「我？我怎麼可能……」

「外公就是這麼說的。他說他能力不及的事情，妳能辦到。」夏至宇說得雲淡風輕，「我也相信妳能辦得到。」

「……你的歸屬，你覺得是什麼？」

「我想應該是投胎吧？」夏至宇笑了笑，「外公曾說過我很特別喔，通常靈體只會維持死亡時的年紀，但因為我並不是死亡，也不是活著，所以我的靈魂才會長大。」

古語知消化著所聽到的資訊，接著問：「你跟我一樣大，你知道你什麼時候出生嗎？」

「夏至。那時候還下雨。因此外公才幫我取名叫夏至宇。」

「我出生的時候也是下雨，名字也有一個雨的諧音……」

「我們很有緣呢。」夏至宇看著牆上外公的照片，「外公一直把我當他的孫子，這些照片我都站在旁邊，可惜無法將我拍進去，這真是我最大的遺憾……」

「我想外公也這麼覺得。」古語知安慰著他，但是，卻連伸手拍肩都做不到。

或許她唯一能做的，就是幫夏至宇找到他的歸屬吧。

◇◇◇

古語知撥了電話給爸爸，除了報平安以外，就是想問一下爸爸，關於自己出生時的事情。

夏至宇和自己同年，出生時還都下雨，這一點讓古語知耿耿於懷。

要是一個月前的她，一定不會想這麼多。可是發生了這麼多事情，古

語知相信這冥冥之中一定有什麼定數。

「爸，你可以找一下我出生那一年的夏至是什麼時候嗎？」

「怎麼忽然問這個？」

「快點啦，你那邊網路比較快。」

在古語知催促之下，爸爸馬上找到了日期，一聽完全如自己預期，那年的夏至就是古語知出生的日子。

所以說，她和夏至宇是在同一天出生。

「講到這個……妳媽媽曾經說過，她夢見胎夢。」爸爸說完後還笑了，「但是我覺得不準。」

「怎麼說？」

「她說夢見的是男孩，可是出生的是女孩。」

「怎麼可能，產檢的時候不就知道了嗎？」

「妳媽都要醫生別說，說什麼她已經知道了，結果啊……。真的是大

大打臉呢。」爸爸說完還大笑，古語知卻覺得心跳得有點快。

掛掉電話後，她內心隱隱不安，有這種巧合嗎？

她一邊從活動中心走出來，一邊思索要不要告訴夏至宇這件事情，但想想不確定的事情，還是別亂講比較好。

「等我一下！」她被小藍的聲音吸引，抬頭一看，發現他正和一個穿著紅衣服的女孩子往樹林跑去。

「這小子竟然還交女朋友喔？」古語知搖頭，連山上的小孩都這麼早熟啊。

她往初春家的方向走去，看見初春正和清明坐在家門前的椅子上吃冰消暑。一見到她過來，初春便揮手招呼，並且要清明再去冰箱拿一支冰出來給她。

「你們現在相處得很好呢。」

「嗯，很不可思議，好像是上輩子就認識一樣，似乎我們註定在一起的感覺。」初春說完後自己都害羞了，「但有時候想到初夏，我就會覺得自己對不起她，畢竟清明是她先認識、是她帶過來的……」

古語知正想安慰愛情沒有所謂的先來後到時，初春又接著馬上說：「但是其實我內心深處，卻沒有覺得自己對不起她。每次一想到這裡，就覺得我也是個差勁的妹妹呢。」

初春淺笑，並不需要安慰。她沒有覺得罪惡，事實上她也不需要覺得罪惡，只是這麼說，會讓她稍微好過一點。

「冰來了。」清明適時地出現，把冰棒拿給她。

「謝了，我就不打擾你們了。」古語知拿著冰棒。

「沒關係啊，一起吃。」初春說。

「不了，我也有想要一起吃的人。」她笑著，然後急著回家。

「想要一起吃的人是誰啊？外公嗎？」初春好奇地問著清明，而清明只是不發一語，微笑著摸摸她的頭。

人與妖怪的愛情，多少還有成真的可能。

人與鬼的愛情，終究是陰陽相隔。

◇◇◇

回到家的古語知趕緊拿了碗，把些微融化的冰棒放在裡頭，然後端到夏至宇的面前。

「這是怎樣？」

「冰棒啊，你不是能碰到小小的東西嗎？我這樣放著你應該可以舔吧？」

「啊？叫我舔冰棒嗎？」

「嗯，你都在練習吸吸管了，怎麼不直接舔看看食物，看有沒有辦法

嚐到味道。」

「這樣很蠢吔。」

「試試看總可以吧？或是燒香呢？不是都說燒香就可以吃到？」

「其實我不吃也能活。」夏至宇說著，仍是低著頭，有點彆扭地伸出舌頭輕輕舔過冰棒。

「怎麼樣？」古語知興奮地問。

「好像……有一點味道。」夏至宇眼睛冒光，他能夠碰觸到很細微的小東西，所以一點點的食物殘渣，他也能碰觸到。

「哇～新發現呢。」古語知也很開心。

「謝了，沒想到妳為我這麼上心。」

「好吃的東西就會想要分享啊。」

「那些我就不吃了，給妳吧。」

「你再多吃一點啊。」

夏至宇有些為難地說，「其實要碰觸人間的東西，對我來說需要耗費很大的體力。」

「啊……是這樣啊……」她不免有些失落，也覺得自己不夠細心。

「不過還是很謝謝妳。」夏至宇笑著。

「嗯。」古語知也微笑，拿起了冰棒後就準備要咬下……她忽然想到，剛剛夏至宇才舔過呢，她這樣是……間接接吻？

都什麼年紀了，還在在乎間接接吻這種事情，會不會顯得自己好像很沒行情？可是，自己也真的沒交過男朋友，所以會在乎這個也是很正常的事吧？

不對啦，在乎這個幹麼？她都和夏至宇住在一起多久了，怎麼現在還會去在乎一個小小被舔過的冰棒？

等等，她忽然意識到，她是跟夏至宇住在一起。跟一個男人住在一起……天啊，她素顏、穿睡衣、剛洗澡完、剛起床的模樣，全部都被他看過了……

驀然，古語知的臉整個紅起來，為什麼現在才意識到這些事情有多麼害羞。

有時候某些事情不是沒有發生，而是當妳意識到的瞬間，才算真正有了化學反應。

她看著夏至宇的臉，他正好奇她怎麼還不吃冰。

「都要融化了喔。」他說，古語知才慌亂地趕緊咬下一口。

怎麼這明明是檸檬口味的冰棒，吃起來卻像是砂糖般那麼甜呢？

◇◇◇

太陽下山的時候，橘紅色的晚霞覆蓋了大地，天空鳥群飛過，畫面美不勝收，她捧著茶杯靜靜坐在家門前的長椅上看著這副景象，而夏至宇也

站在一旁欣賞。

兩人都沒說話，眼前的美景不需要言語也足夠。

這一刻，他們就像是初春與清明一樣。

「語知、語知，請問妳有看見我們家的小藍嗎？」小藍的母親乍然緊張兮兮地跑來。

「小藍？我有看見他和朋友去山裡玩……」

「這小子，我明明跟他說太陽下山前要回家的，現在太陽都要下山了！這可怎麼辦啊……要是魔神仔他們又……」

「小藍媽媽，妳別急，我現在就上山去找他。」

「對不起啊，老是要麻煩妳……其實應該要我們大人一起上去的，但自從你媽媽那件事情後，大家天黑後就盡量少進去山裡了……」

「我媽媽的事情……？」

小藍媽媽像是驚覺自己說錯話，趕緊搖頭：「沒什麼事情，我記錯

了。我會和其他人在山腳下等妳，再不去天就要黑了。」

雖然滿腹疑問，但太陽下山就糟了，古語知趕緊準備一下，就馬上往她之前看到小藍的地方走去。

「妳說小藍和朋友一起，可是他朋友的媽媽們怎麼不在？」進到山裡後，夏至宇才好奇發問。

這裡樹葉濃密，一進來後天色彷彿更漆黑，古語知甚至覺得氣溫有點微涼。

「我看見的不是他平常混在一起的朋友，是他的女朋友。」她嘿嘿笑地八卦著，「一個穿著紅色洋裝，年紀與他相仿的女生。」

夏至宇一愣，「我們村裡沒有那樣的女孩。」

「啊？難道是張家村的嗎？」

「張家村的孩子不會來到我們村裡玩，就像我們村的孩子也不會過去張家村玩。這是兩村心照不宣的默契，所以之前他們才都會約在土地公廟前。」夏至宇摸著下巴，「妳知道小藍是村裡唯一看過我的孩子。」

「什麼？你是說現在？」

「不，是他很小的時候，他曾經跟我一起玩過。大概在他四歲左右就看不見我了，現在應該也不記得這件事情。」

「沒想到……」

「我要說的是，小藍比一般人還要敏感一些，他或許可以在天時地利人和的情況下，看見不一樣的東西。」

「你是說那紅衣女孩是……鬼嗎？」古語知忽然雞皮疙瘩都起來了。

「不是，不會是鬼。我不是說了，這村有結界，只有我這一隻鬼。」夏至宇抿嘴，「雖然那東西不會是壞的，但小藍畢竟是孩子，還是別和精怪走太近得好。」

「……剛才小藍他媽媽說，我媽以前發生的事情，你有聽過嗎？」

「沒有，外公從沒對我談過，我也沒辦法問其他人。」夏至宇聳肩，

「所以我不知道她說的是什麼。」

「好吧，我之後再找機會問了。」當務之急，得先找到小藍才行。

他們往山裡深處走去，聽見了潺潺流水聲，「我們這裡有瀑布還是河流嗎？」

「有一池水潭跟小瀑布，雖然有匯集成溪流，但並不大。」

「那我們往那裡去好了。」

古語知有股直覺，或許可以在那裡找到小藍。

當她往溪流的方向去時，總感覺這片山不只她一個人，她似乎都能從樹幹交錯的縫隙中，看見有東西望向自己。

那是好奇的眼神，也是湊熱鬧的眼神，沒有惡意。

可是當她想細看是什麼生物時，卻空無一物。她望向夏至宇，對方了然於胸地點頭。

「就說了這邊很有靈氣吧～」夏至宇似乎很自豪。

就在他們來到溪流邊時，果然看見了小藍就坐在石頭邊，而他的旁邊坐著一個女孩。

「好了啦，小藍，有人來接你了。」女孩看見了他們，低頭對小藍輕聲說著。

「我不要！我聽不懂妳說的是什麼意思。」小藍的聲音帶著些微哭腔，這讓女孩有些無奈。而古語知來到小藍的身邊，也蹲了下來。

「小藍，你媽媽很擔心你喔。」

「語知，妳看得到她嗎？」小藍將頭埋在雙膝之間。

她看了一下紅衣的女孩，她皮膚白皙，長相清秀，留著妹妹頭，穿著紅色的洋裝。

「看得到。」古語知說著，「但是她……」

「她剛剛跟我說她不是人，還說這是我最後一次見到她了。」小藍抬起頭，整張臉都是眼淚，「為什麼？不是人也沒關係啊，我只想跟她一起

玩啊。」

「小藍，我是妖怪，不能太長時間相處，對你不好的。」女孩嘆氣，耐心解釋，「你只是剛剛好看見了我，但你不是一直都能看見我的。」

「怎麼可能，我現在看得見妳，也碰得到妳，妳卻要告訴我再也不可能，我沒有辦法相信。」小藍開始耍賴哭泣，林間也跟著騷動。

一直在一旁沒說話的夏至宇，對著紅衣女孩頷首了下。

紅衣女孩嘆氣，然後看著小藍伸出了手，「謝謝你這段時間陪我玩，我真的很開心。再見了。」

「等一下，妳要……」小藍話還沒說完，下一秒就暈睡過去了。

「妳做了什麼？」古語知趕緊接住小藍，讓他靠在自己的身上。

「只是讓他暫時睡著了，不然他說不聽。」女孩嘟嘴，然後看向一旁的夏至宇，「你是鬼吧？怎麼會在這？」

夏至宇只是聳聳肩，也反問她：「妳怎麼又會來到這裡呢？」

「我就全臺灣旅行啊，正好經過這裡，因為山的氣息很純粹，所以進來吸取一下精力。」女孩笑著，「我叫小紅，妳的味道……大概就是這裡的主人吧？」

「我外公才是。」古語知看著眼前的女孩，「妳該不會是……紅衣小女孩？」

「沒想到我這麼有名！」小紅拍著手。

「所以妳是……魔神仔？我以為魔神仔會更兇……」

「啊？我不是啦！」小紅趕緊澄清，「我是從你們的傳說中誕生的妖怪。」

「傳說？」古語知一愣，什麼意思。

「當人們的信念到達一定的程度，就會幻化出真實的妖怪。」夏至宇解釋著。

紅衣小女孩的傳說，在一九九八年於電視節目率先出現，至此傳說甚

囂塵上，成為了臺灣魔神仔的代表。

「我其實根本不是魔神仔……而是因為大家的『信仰』才產生的妖怪。我很年輕喔，才二十六歲。」小紅驕傲地說著，「不過，因為是時下最火紅的妖怪，已到家喻戶曉的地步，還有人拍了電影，所以我的妖力還不錯。」

「就有點像是廟裡的香火旺盛的話，神的力量就越強一樣。」夏至宇解釋著。

「因此……妳只是剛好來到這裡，又恰好被小藍看見了嗎？」

小紅苦惱地點頭，「是啊，有天我坐在溪流邊，他就和我打招呼，問我是不是隔壁村的……因為很少有人可以看見我，大概是這邊氣息很純淨，而他也很純淨的關係吧……」

由於寂寞太久了，小紅很高興有人可以陪她一起玩，可是該有的分寸她還是知道的。今天當她站在小藍面前時，小藍卻有瞬間看不見她，她就

知道時間到了。

於是才和小藍坦誠一切。雖然小藍隱約也有發現，沒有其他人看見小紅，可是他還是不想承認，因為這表示他永遠看不見她了。

「我想，我還是趁他醒來前離開比較好。」小紅有些感傷。

「難道你們不能當朋友嗎？我們村裡也有蛇妖和人類結為連理……」古語知提議，這讓夏至宇不可置信，而小紅也大笑起來。

「蛇郎君的等級，哪是我這種小妖怪可以媲美的？再過個一百年，我和人類共結連理，才有一點機會吧。」小紅笑到都要流淚了，「況且，蛇郎君是特例。妖怪大多都會傷人，還是保持界線會比較好。」

「……我要怎麼跟小藍說呢？」

「不用說，因為該說的我都說了。」小紅伸手摸了摸小藍的臉，「那我走了，再不走，其他的魔神仔會不高興的。」

這讓古語知一驚，「我們這也有魔神仔？」

「有啊，大概就是這片山最兇的妖了。他們一直對我很不爽啊，因為我明明不是他們的同類，卻變成了他們的代表。」小紅無奈的聳肩。

「……村裡的人好像因為魔神仔的關係，所以不在天黑後進山，魔神仔是會傷害人類嗎？」

「不算吧，他們就是想跟人類玩，會把人帶進山，吃一些奇怪的蟲和葉子。不過因為不知道輕重，有時候會鬧出人命。」小紅說著，而夏至宇則蹙眉。

「難道小藍媽媽的意思是……多年前妳媽媽曾經被魔神仔帶進山，所以他們之後才不進山？」

忽然間，山林間陰風陣陣，似乎有很多雙眼睛看著他們。

「喔，我得閉嘴了。」小紅縮起肩膀，「就這樣吧，再見了。」接著她往上一躍，像猴子一樣快速地攀爬在各樹枝之間，就這樣消失了蹤影。

「我們也快離開吧。」夏至宇警戒地看著四周，「妳可以揹小藍吧？」

「可以，他也不過是個孩子。」古語知用力地將小藍往自己的背上去，但昏睡的人重量更是沉重，加上小藍身高也不矮，說不定都快要四十公斤了。

古語知還是拿出突破火災現場的意志力，將小藍帶下山。

「小藍！」村裡的人果然都聚集在山口，一見到古語知的身影，立刻上前幫她接過背上的小藍。

她喘著氣，大家感謝著她，而她只看見站在人群中的夏至宇，輕輕地說：「做得很好。」

她嘴角揚起了微笑，但想到小藍和小紅這樣的兩小無猜，不知道為什麼，她鼻酸了起來。

看著眼前的夏至宇，明明就站在那，卻無人可見。

她好想哭吶。

# 神隱的新娘

小藍醒來後呆了好一陣子，古語知原先還以為他會哭得很慘，但是他意外地平靜地接受了一切。

幾天後，小藍主動來到古語知家，問起了關於小紅的事情。

「你媽媽跟我說，你好像忘記了一切。」古語知端了杯茶給他。

「我知道媽媽會擔心，才裝做不知道。」小藍像是一夜長大，沉穩了不少，「小紅是真實存在過的對吧，妳也看見她了，對吧。」

「是啊，她真實存在，只是你再也看不見她，也最好別再見到她了。」

「嗯……」忽然小藍在屋內張望，古語知與夏至宇面面相覷，他在找什麼？

「有一個大哥哥呢？」小藍乍然一問，這讓他們兩個心跳漏了一拍。

「哪個大哥哥？」

「妳來溪邊的時候，在我暈倒以前，我還有見到一個大哥哥啊。」小藍的臉色瞬間刷白，「難道那個也是妖怪？」

「咦？」小藍在那時候居然看見夏至宇了嗎？

可是現在，小藍卻沒有發現就坐在他旁邊的夏至宇。果然當時是天時地利人合，磁場什麼的吻合了才看見了嗎？

「他不是妖怪，但，你應該也不會再見到他了。」

「是嗎？我覺得他有點眼熟。」小藍拿起茶喝了一口，「我小時候時常和一個大哥哥玩，我還以為是他呢。」

「沒想到他還記得我……」夏至宇在一旁感動不已，都鼻酸了。

「嗯，那個大哥哥是村裡的守護神喔。」古語知如此說，這讓小藍笑開了顏。

最後，他禮貌地與古語知道別，經過了這件事情後，感覺他又更加成熟了。

「妳為什麼要說我是守護神。我可是鬼呢。」

「我有說錯嗎？我覺得你就是這村裡的守護神。」古語知擠眉弄眼的。

「我才不是呢。」雖然這麼回答，但是夏至宇紅起了臉，看起來很是高興。

「我有點事情想要去問土地公。」

「妳是要問關於妳媽媽的事情嗎？」

「嗯，我漸漸地覺得外公要我回來、他告訴你關於你的事情只有我能解決，以及小紅說的那些話……還有其實，我的媽媽死因很不正常。」古語知覺得口乾舌燥，她握緊了拳頭，感覺到自己正在接近問題的核心。

「那我們一起過去吧。」

「嗯。」

◇ ◇ ◇

他們兩個前往土地公廟，途中經過了山口，夏至宇忽然開口，「要不要進去看看？」

「進去？為什麼要進去？」她疑問。

「那天見到小藍的時候，不是有很多東西在旁邊嗎？我想確定那是什麼。」夏至宇說完，就自己跑進去。

「欸，這麼急做什麼？」古語知大喊，但是夏至宇已經跑了進去。

她抬頭看了天空烈日，現在日正當中，應該也沒什麼問題吧。

於是，她也跟著進去。

一踏入山裡，頓時天色又暗了下來，似乎還起了霧氣，不過不至於看不到路，且還能感受到陽光灑在皮膚上的熱度。

「夏至宇！你在哪裡？等我一下。」古語知朝裡頭喊。

「我在這裡，我們往溪邊走。」夏至宇從前面的樹幹探出頭，然後揮了一下手後又往前走。

「喂，等我一下啦，我怎麼可能跟得上你。」古語知邁開腳步，總感覺走得好吃力，明明這坡度不高，怎麼會這樣呢。

「啊，我帶著妳走，這樣比較快。」夏至宇忽然出現在身邊，然後伸手握住了她。

「咦!?」古語知愣住，他怎麼能碰到自己？「怎麼會……」

「這裡妖氣很重，所以我好像可以實體化了。」夏至宇一笑，握著她的手就繼續往前。

有那麼一瞬間，古語知很高興。

可是她很快發現了不對勁，夏至宇不會這樣講話，什麼妖氣很重的，夏至宇只會說「這片山很純粹」。

還有，為什麼他的手摸起來黏糊糊的？假設真的妖氣讓他實體化，那夏至宇的觸感也不會是這樣吧？應該是冷冰冰的……最重要的是……自己絕對不會是現在這樣的感覺。

一種厭惡。

如果真的可以碰觸到夏至宇的話，她絕對會很開心……不是現在這種感覺。

「你是什麼東西？」她用力甩開手，並嚴厲地問。

夏至宇停了下來，有些驚訝地轉過頭，「妳說什麼？我就是夏至宇啊。」

「你不是夏至宇，別賣關子了。你是什麼東西？」古語知往後退一小步，保持警戒。

這片山應該不可能會有想加害自己的妖怪，這是夏至宇說的結界。而小紅也說過，魔神仔是這片山最兇的存在，所以眼前的是……

「魔神仔？」

此時，面前的夏至宇露出了詭異的笑容，接著臉部開始融化，身形也變得矮小。

當夏至宇的外型完全消失後，出現的是一個臉似猿猴，雙眼血紅、四肢有蹼的怪奇生物。乍看之下有點像是蛙類，連皮膚都濕濕黏滑地，當他開口說話時，聲音還有點像是猴子般尖銳。

這是第一次，古語知覺得有點可怕的妖怪。

「怎、怎麼了？為什麼要找我？」

「我們的頭兒想見妳。」

魔神仔也有頭兒這種說法啊？

「你可以用說的，為什麼要用這種方式把我騙進來？」

「這是我們的習性啊……況且妳外公從來就沒有被騙過。」魔神仔還反過來怪古語知。

周圍霧氣中出現了許多雙紅眼睛，來時的路也被掩滅了，彷彿這不是一個可以回絕的邀請。

「那就帶路吧。」古語知別無他法，只能找機會逃走了。

「請不要想著逃走，這片山是我們的地盤。」他們似乎明白古語知的意圖。

「我應該也逃不了吧。」

「是啊，要是亂走，到了別的空間，可能會出現在臺灣另一處的深山喔……」他們嘿嘿地笑了起來，令人不舒服的笑聲充迴盪在這片山林。

跟著他們走了一段路後，很快地來到了溪流邊，沿著上游很快來到瀑布旁，而就在瀑布邊居然有個山洞，怎麼之前沒有看到？

「來吧。」魔神仔們依序進入了洞穴之中。

「我不要進去。」

「我們又不會害妳。」魔神仔催促著，「快點！」

「我不要，有事情就在這裡說。」

「快點進去！」魔神仔急了，而古語知彷彿也聽見了天空傳來轟轟的聲響。

她猜想，一定是夏至宇來救自己了。

對夏至宇來說，應該是一起走去土地公廟的路上，忽然回過頭她就消失了，聰明的他一定可以明白原因，而且立刻會去找土地公求助，再來到山裡找她。

因此她只要拖一點時間，就能撐到夏至宇他們突破結界進來。

她總覺得，好像有什麼事情忽然接通了……對夏至宇來說，就是回頭她就消失了；對她來說，她只是走在原本的路上，而夏至宇要她一起進山……

古語知倒抽一口氣，難道媽媽她真的——

「罷了，就在外面吧。」忽然山洞裡傳來了低沉不已的聲音，幾乎要仔細聽，才聽得清楚他在說什麼。

所有魔神仔迅速往後退，然後全部跪坐在地上低著頭，畢恭畢敬地閉上眼睛。

一個龐然巨物從山洞裡出來，他與其他魔神仔長相無異，只是比他們的身形都大上不少。那腥紅的雙眼看起來很恐怖，可是古語知站直身體，堅定地回視。

魔神仔首領盯著古語知看好一會兒，接著大笑起來，那個笑聲刺耳難聽，感覺天地都在震動。

「果然是碧的孩子。」從他的口中聽見了媽媽的名字，怎麼一點也不意外。

古語知眼眶泛淚，「就是你殺害我媽媽的嗎？」

「別安那些莫須有的罪在我身上，是妳媽媽先違背諾言……」魔神仔首領哼了聲，古語知握緊拳頭顫抖著。

「我媽媽做錯了什麼，她怎麼可能違背諾言！」

「妳媽媽答應要當我的新娘，卻逃跑了，現在妳作為她的女兒，必須替她完成這個諾言。」

古語知以為自己聽錯了，「新娘？怎麼可能？」

魔神仔首領歪頭，接著幻化成了一個美少年，「或許用這樣的外表，妳比較容易想像。」

魔神仔居住在這片山林已經非常久了，比島山村成立的時間還要久。所以基於尊重，連後來成立的土地公廟都會敬讓他們三分。

魔神仔生性愛捉弄人，所謂的捉弄，是會鬧出人命的那種，於是土地公屢屢向上天請求幫助，最後這片土地回應了土地公的請求。

那晚雷雨交加，串家的一個男孩出生了，他從小就與眾不同，能夠看

見人所不能見，甚至還與土地產生的連結。

男孩曾說過，土地下面有龍在沉睡，但從沒有人可以證實這一點。

從那時候開始，男孩成為了村裡的依靠。隨著男孩長大、結婚生子後，他的孩子們也繼承了這項能力，他們能見到非人、也能與之溝通，但最多就是這樣。

光是這樣，就足以讓串家與其他妖、精、怪、神、鬼等建立起情誼，進而制衡魔神仔。

有道是積沙成塔，這樣好幾世代累積下來，與魔神仔三番兩次的協商後，決議井水不犯河水，彼此都不會在沒有告知的情況下，踏入彼此的居所。若要是有人侵入了對方的地盤，那如何處置就隨地主決定。

於是，村民代代遵守這個禮儀，進山需要請村長與魔神仔報備，說好了時間與緣由後，得到首肯才會進入。

他們就這麼相安無事地相處了好長一段時間，直到串碧進入了山。

串碧，也就是古語知的媽媽，身為村長的孩子，她也有一定程度的能力。串碧自然也遵守著村裡的各項規定，可是當她十歲時，自己的媽媽因為意外過世，無論串碧走到哪，都會受到村民同情的眼神與慰問的字句，這讓串碧無法呼吸。

她只想要一個……可以好好大聲哭泣，也沒有人會管她的地方。

於是，她便走進了山。

她當然進過山，也知道山裡有許多精怪生活著。

可是她太絕望了，也太痛苦了。那時候她只有十歲，在極致悲傷的時候，她沒有辦法思考這麼多。

就這樣的，她走到了瀑布邊。

看著水從高處落下，重重打在水面上濺起的水花，還有那些跳動的魚群，她的哭聲在這裡能完全被蓋過，於是，她終於能大聲哭泣。

在家裡若是哭，也會讓本來就很難過的爸爸更加難過，爸爸都還沒時

間處理好自己的悲傷，就要顧及她這個女兒，這點也讓串碧很痛苦。

終於，當她停止了眼淚後，再次抬頭看著水花時，竟發現旁邊站了一個穿著白衣服的美少年。

他的年紀看上去比自己大一些，稚氣的臉卻不減帥氣，這讓串碧頓時愣住。

她沒有在村裡見過此少年，也不是隔壁村莊的小孩。串碧再怎麼年紀小，畢竟是村長的孩子，所以她明白眼前的男孩不是人類。

「沒有允許是不能進來的。」美少年也看著前方的瀑布，就站在串碧旁的大石上。

「會這樣說的話……那一定是魔神仔了？」串碧擦乾眼淚，「你看起來不像魔神仔。」

「要是我現真身，妳一定會被我嚇到。」美少年看向她，「妳是村長的女兒吧？最該遵守規則的家族，怎麼會破戒進來？」

「我媽媽過世了，我需要找個地方安靜。」

「所以就未經允許踏入我的領域？」

「……」串碧愣住了，妖怪是沒有感情的。

爸爸曾經好幾次跟她這樣提醒，別跟妖怪打交道，最好井水不犯河水。因為他們對於人類的悲歡離合沒有任何感覺，魔神仔更是以玩弄人類為樂。

「對、對不起。」串碧這下子感覺到害怕了，「我馬上就離開。」

「不用了，反正妳都進來了。」美少年微笑，美到令人覺得邪氣沖天。「就待在這吧。」

「……你有媽媽嗎？」串碧問。

「沒有，我們妖怪生於天地也死於天地。」他坐了下來，「不理解回歸自然有什麼好哭。」

「我很想念她，再也見不到她讓我很難過。」

「那不就是妳的一種自私嗎？」

「我這怎麼會是自私？媽媽一定也會想念我的，一定也……」

「妳知道人死了以後去哪嗎？」

「天堂？」

「不是。」他抓起了一旁的泥土，朝水面一吹，瞬間塵土化在水中，「肉身回歸自然，靈魂前往極樂。」

「那是……」

「也就是說，他們根本不會有什麼想念生人。要是靈魂真的被生人牽絆，那只會變成怨靈。妳希望妳的媽媽變成那樣嗎？」

「你、你亂說……才沒有那種，媽媽才不會變成怨靈！」

「我沒有說妳媽媽變成怨靈。但是如果妳讓妳媽媽放不下妳，那她就有極高機率變成怨靈。」

所有滯留於人間的魂魄，幾乎都是對生前有所執念，有些是放不下家

人、有些是放不下怨恨、有些則是還不清楚自己死去。

無論是哪種狀態，久留在人間都不是正常靈魂的歸屬，沒有肉身的抵擋，靈魂會最直接受到人世間穢氣的侵擾，使得他們容易變質、最後落得投胎也無法的下場。

「妳仔細想想，所有逗留在人間的鬼魂，哪些是好的？」不是變成了地縛靈，就是變成了厲鬼。

唯有放下一切走往極樂世界的鬼魂，才有機會在投胎前於正統的流程下，回到陽間探望親人。

「可是、可是我就是想媽媽啊……」串碧哭了起來，沒有想到自己的念想也會成為媽媽的負擔。

「所以說，人類的感情有夠麻煩。」美少年嘆氣，就這樣靜靜陪在哭到不能自己的串碧身邊。

時間不知道過去多久，流水的聲音讓串碧逐漸冷靜。她聽著遠方吹動

樹葉的聲音，還有動物走過樹叢間的聲響，或是踩在落葉上的聲音，以及鳥兒飛過空中的震翅與啼叫，這讓她終於止住了哭泣。

這時候，她才注意到天色已經黑了。

「我待多久了？」她驚訝。

「沒有很久，也可以很久。」美少年輕描淡寫地，「妳是第一個待在我身邊這麼久的人類，卻沒事的呢。」

「……謝謝你，對不起，我不應該沒經過同意就進山。」她咬了唇，「我該回家了。」

「我陪妳那麼久了，現在換妳陪我了吧？」

「但、但是爸爸會擔心我……」忽然串碧找回了害怕的情緒，她才注意到眼前的美少年，他美麗的臉龐帶著邪氣，雙眼珠子竟是紅色。

「妳不用怕，我又不會吃了妳。」說完後他還大笑了，「我只是想要妳陪我一下，在這裡走走吧。我們和人類相處的機會不多，我是說正常的

相處。」

美少年提到，山雖然是每一個族群所共同擁有的，但是妖看見的山、與人看見的山是不同的。

人類在溪流邊可能會見到魚群、蝌蚪、或是螢火蟲。但是妖怪們在溪邊見到的除了人類所見的以外，還有自然界的元素光，以及各種小妖、靈魂、或是各種被認定為絕種的動物。

美少年抓起了串碧的小手，她感覺到濕濕滑滑的，好像魚一般。但是串碧不敢鬆開，擔心要是反應太激烈，會激怒眼前的魔神仔。

「妳瞧，很漂亮吧。」美少年要她往瀑布看去。這時候印入眼簾的，是那平凡無奇的水像是七彩的一般，被從沒見過的光暈包圍著。而水潭就像是天上的星星碎落下來，閃閃發亮著。

周圍還有飛舞的妖精，像是童話世界才會看見的模樣。

「好漂亮……」串碧露出了笑容，「你就是想讓我看這個嗎？謝謝

你！」

「很美吧，如果妳都待在這裡，以後就能天天看見這樣的場景。」美少年笑著說。

「不行，我得回家了。」串碧說。

「別急啊，吃點東西吧？」他不知道從哪變出來的包子，這讓串碧肚子咕嚕叫，她多久沒吃東西了？她進來多久了？為什麼覺得口好乾呢。

於是她伸手，可是理智告訴她不能吃。

「我要回家！」她堅持，用力咬唇到都流血了。

這使得美少年有些刮目相看，「妳知道我若讓妳回去的話，我有多丟臉嗎？」

他們與村裡約法三章，即便是村長的女兒，在沒有通知的情況下來到山裡，他也能全權處置。

若是他讓她安然無恙地回到村裡，那他身為首領的威信可是會顏面掃

地呢。

「對不起，對不起，是我錯了，請讓我回去……」串碧哭求著，她就在如夢似幻的七彩國度之中，可是現下那一切都不再美麗，而是令她恐懼萬分。

魔神仔其中一項技能，就是使人產生幻覺。眼前的這一切到底是真實的美景，還是他給的幻覺，沒有人會知道。

「我可以讓妳回去，但妳得做我的新娘。」

「什麼？」串碧愣住，「我才十歲！」

「等妳長大，得再次回到我這裡，成為我的新娘。」

「我、我不要……」串碧哭了。

「那妳現在就不能離開。」美少年坐了下來，他的身後出現許多雙腥紅的雙眼，這讓串碧嚇得發不出聲音。「妳選擇吧。」

之後，串碧離開山林，出現在村莊，已經過了六天。

傳聞，被魔神仔帶走的人滿七天就會死亡，串村長差點就要絕望，無論他怎麼請示神明、要求魔神仔放過他女兒，都沒有得到回應。

魔神仔雖是妖怪，卻是數一數二的強，他們的名字又是魔、又是神的，沒有人、沒有妖，也沒有神，會想要沒事去招惹他們。

「妳這個孩子啊……平安就好、平安就好。」串村長雖然抱著串碧，慶幸著他的女兒平安歸來，但他內心明白，魔神仔不會平白無故放人，一定有什麼企圖。

「他要我當他的新娘。」像是失了魂的串碧說完這句話後，就暈了過去，再次醒來，已經忘記她說過這句話，甚至連在山裡被神隱的這件事情都忘了。

串村長明白，這是魔神仔的法術。

於是在串碧的身體修養好後，串村長請示了魔神仔想要入山。對方欣然同意。

他帶著兩個竹籃的生肉進山，沒走多久就來到魔神仔的山洞，就在那壯麗的瀑布邊。

看起來弱不禁風的美少年就站在那，帶著怪異的笑容說：「我們吃的是昆蟲、樹葉、蚯蚓那些的，串村長搞錯了吧？」

「沒有搞錯，像您這樣等級的，生肉才是主食吧。」串村長把竹籃放在面前，然後跪了下來，「懇請您放過小女吧。」

「我已經放過她了啊，否則她怎麼能完好無缺地回到你身邊呢？」

「她說和您訂了親。請您……撤回這項約定吧。」串村長閉起眼睛，額頭貼著地拜託著，「她還是個小孩子，她犯的錯是我這個爸爸該承擔的。」

「串村長啊，你也明白，和妖怪的約定是一定要達成的。」美少年走到竹籃前，伸手拿起了一塊生肉，放在鼻子前聞了聞，接著張嘴一口吃掉。

「但是您是妖、她是人啊……」

「蛇郎君和人類結為夫妻就是一樁佳話，怎麼換到我們魔神仔的身上，這事情就變成這樣了？」

「蛇郎君是真心愛著他的妻子，但您……」

「誰說我不愛串碧了呢？」美少年勾起嘴角，攝魂，又邪魅。「況且，是你們先違約在先，我已經放過她一次。若是連這個約定我都收回，那我們的契約是不是也就可以不用遵守了呢？」

「……」串村長明白，魔神仔不可能收回的。

「我大發善心，知曉你們人類還會完成學業，大學？研究所？都可以，就讓串碧去讀書吧，但當她畢業回到村裡的時候，就是要成為我的新娘的時候。」

「……謝謝您。」

於是，這段日子，串村長活得戰戰兢兢，他希望時間停止，卻又希望一天天看著女兒成長。

他們與魔神仔正處在一個微妙的平衡，土地公不宜也無法出手干預，那是更高階的神明才有辦法處理的事情。

然而，因為他們雙方有契約在先，魔神仔那裡的確釋出了最大善意，所以也無從插手。

串村長便要求村莊的人們，別在天黑後進山，別再給魔神仔更多的機會了。除非特殊狀況，否則能進山的，就只有串家的人。

就這樣，忘記了這件事情的串碧，平安地從大學畢業了。

然後，她帶回了姓古的男人。那是這麼多年來，串村長第一次看見希望。眼前的古同學的氣場剛正不阿，如果串碧跟著他離開山，那或許有機會逃走。

串村長強硬地要串碧離開這裡，永遠不要回來。

「別靠近山！」他對串碧千交代萬交代，連對古同學也是如此耳提面命。

然而，當他目送完他們離開後，美少年的聲音迴盪在山林間：「串村長，沒有用的……有一天，他們還是會進入山，只要她一靠近山，我便會把她帶走。」

◇◇◇

古語知淚流滿面，這就是外公要媽媽永遠不要回來的真相。

「如果外公千萬交代媽媽不可進山，那她怎麼會和朋友去登山了？」

古語知愣住，「難道是你……」

「是啊，在他們離開前，我讓他們忘了一切，唯有進山後才會想起一切。」美少年勾起嘴角。「沒想到串碧這麼久才會進山，當她一見到我，所有記憶都回來了。」

「但是，我對她已經沒興趣了。她不是完璧之身，還有了孩子，所以

我不需要她了，我讓她回去了……」

「是你殺了我媽媽！」古語知大叫著。身旁的魔神仔騷動了起來，對於她的不敬感到不悅。

「我沒有殺她，是她自己身體承受不住。」美少年伸出手指頭，抬起古語知的下巴，「這一次，由妳來代替妳的媽媽，成為我的新娘吧。」

「不可……」話都還沒說完，一道影子倏地出現在她的面前。

「不可能！」夏至宇滿頭是汗，焦急不已，卻堅定地大聲回應：「她已經是鬼的新娘了。」

「啊？」美少年失笑，「這村唯一的鬼就是你，你是要說，她已經是你的新娘了嗎？」

「沒錯，她和我有婚約在身。與你有婚約的人是她的媽媽，跟她沒有關係。」夏至宇站在美少年的面前，其實連魂魄都快要飄散了。

對方的妖力強大，不是他一個這樣普通的鬼魂可以承受得了。

他還是努力地頂住，因為他得要保護古語知，除了是外公的交代以外，就是這些日子以來與她的相處，讓夏至宇不會跳動的心逐漸開始期待了明天。

每當她早上與自己道聲早時，夏至宇便覺得陽光都沒有她的笑容明亮。他對於自己為什麼會平白無故成為了鬼、又該當多久的鬼都沒有答案。照理來講，鬼魂都會被鬼差帶走前去投胎，可是夏至宇好端端的在這，神知道他的存在、妖怪也知道，就連鬼差來村裡帶走其他離世的村民時也見過他。

但是，哪裡都不是他的歸屬。

外公某天，忽然告訴他，古語知會是他的歸屬。他不明白原因，甚至見到她也不懂。

但在一天天的相處之下，他忽然明白了歸屬的意義。

只有在古語知身邊，他才有了活著的感覺。

應該說，想要活著的感覺。

他想碰觸到她，想要與她一起生老病死，體驗人間百態。

無奈他是隻鬼，無論如何努力，得到的只有徒勞。

「是你放棄了與她媽媽的婚約，這與她無關，沒有找人代替的這種事情。」

美少年瞇起眼睛，看著眼前的鬼魂，還真是人間清醒啊。

不過，他又多看了這男鬼的核心，他知道他的存在，卻從來沒有正眼關注過，這下子……

「哈哈哈。」美少年忽然笑了起來，這讓原本劍拔弩張的氣氛頓時輕鬆不少，可卻讓夏至宇和古語知面面相覷。

「原來是這樣啊，串村長打的是這個算盤啊……這要說連上天也在幫你們嗎？」美少年瞇起腥紅的眼，「但這真的是幫嗎？還是另一種詛咒呢？」

「他在說什麼？」古語知躲在夏至宇的背後。

「我也不知道。」夏至宇緊張地說，他必須全身專注，畢竟魔神仔只要有心，隨時都能讓他魂飛魄散。

「就讓我看看你們的結局吧。」美少年說完，手一揮，轉身就往洞穴走去。

其餘的魔神仔嘍囉不明所以，見首領都離開了，他們也只能慢慢解散。在經過他倆身邊時，多少威嚇一下。

就這樣，霧氣散去，眼前的水潭恢復清澈，瀑布看起來也不再詭異。

最重要的是，一旁的山洞消失了。

「他放過我們了？為什麼？」古語知很是驚訝。「你怎麼進來的？」

「我去拜託土地公，祂讓我坐在虎爺身上飛到空中，然後把我丟進來。」夏至宇想起來還是心有餘悸，「我以為自己要死了。」

聽到夏至宇還說了笑話，古語知笑了，也鬆了口氣。

很快地她又再次掉下眼淚，得知了外公與媽媽的事情，讓她非常難過。

「沒事了，都過去了。」夏至宇說著，想安慰她，卻碰觸不到她。見到她這麼難過的模樣，他還是伸出了手，假裝把手放在她的肩膀上，另一手放在頭上。

彷彿可以把她抱入懷中。

「你剛才說……我是你的新娘這件事情。」古語知冷靜下來後，說起了剛才的話，「我什麼時候說要當你的新娘了？」

「那是情急之下，不得已……」

「所以你是亂說的囉？」

「也不是……但……人鬼殊途。」夏至宇苦笑，而古語知也露出一樣艱難的微笑。

「我們還是趕緊離開吧。」古語知笑著，轉過身，眼淚卻不斷滑落。

人鬼殊途。

還以為只會出現在電視劇的四個字，如今卻發生在自己的身上。

「嗯……」

夏至宇默默地跟在後頭，看著古語知的背影。

要是她真的能是他的新娘就好了，就像蛇郎君擁有了人類的妻子一樣。

她若是自己的新娘，那該多好。

要是他們都是鬼了，那就沒有人鬼殊途這種事情。

# 毛茸茸的背

夏至宇因為不需要睡覺，從來也沒有做夢過。他聽外公說過，人類睡著時都會做夢，但他沒有當過人類，也不懂人類身體生病的感覺，更不懂對抗地心引力的沉重感，或是有很多朋友、和大家對話的滋味。

而此時此刻，古語知正發著高燒，躺在床上像是做了惡夢一樣，不斷夢囈。

「妳還好嗎？聽得見我說話嗎？」夏至宇在一旁擔憂地問。

他不知道不舒服的感覺，就如同古語知也不懂當他被黑虎打飛時，靈

魂承受的痛楚。

然而，看著古語知因為發燒而昏沉的模樣，夏至宇內心想著：「她這樣會死嗎？」、「如果她死了，是不是就能和我在一起了呢？」

因為他沒有活過，即便是憧憬人類的世界，卻也無法真正理解生命的喜悅。

也是在這一刻，他明白了自己內心深處也是存有私心的。當他的私心膨脹到某種程度，會不會也成為了外公所說過的，那種帶有執念的靈體，然後逐漸變壞了？

「我得去找人幫忙。」驚覺這一點的夏至宇趕緊起身。

「不要走！」古語知伸手要抓住他，可是手穿過了他的手，這讓古語知愣了下，在這身體不適的時刻，格外辛酸。

「我得去找人幫忙，好歹得有人拿藥、拿水跟照顧妳。」夏至宇看著古語知的手懸空著，他也很想牽起她的手，卻無能為力。

「……」古語知閉上眼睛，翻了身後輕輕嗯了聲，默默擦去眼淚。

夏至宇立刻穿牆飄出了外公家，往初春家的方向去。

清明一如往常地在田裡抓田鼠，即便烈日，他看起來依舊清爽，一滴汗都沒有流。

「蛇郎君！」他大喊著。

清明準確抬頭對上他的眼睛，接著左右看了一下，然後對著瞬移到面前的夏至宇說：「叫我清明就可以了。」

「反正也沒有人會聽見。」夏至宇忽然慶幸清明來到這裡，否則他該怎麼通知其他人關於古語知的事情呢。

就連土地公這時候也幫不上忙，因為村裡沒有其他人可以見到土地公，更別說還要透過擲杯或是夢境才能傳達訊息。

「怎麼了？」清明看著夏至宇慌張的模樣。

「語知生病了，而且好像很嚴重，可以請初春過去看一下嗎？」

清明的眼睛在夏至宇身上打轉一下，「好，我馬上去跟她說。」

原本在屋裡煮飯的初春聽見後，馬上準備好了清粥小菜，還有拿好藥品，立刻就往村長家奔去。

「不過清明，你怎麼知道語知生病了？」在前往的路上，初春好奇地問。

一旁的夏至宇與清明互看一眼，而清明只淡淡地說：「因為一早沒看見她出來巡邏，直覺她可能不舒服。」

果然是偽裝人類有百年經驗的大蛇妖，謊言信手拈來全不費工夫。

「原來是這樣，你好厲害啊，清明。」初春笑著稱讚，這讓清明的臉頰微微紅了起來。

這麼多年，依舊可以愛著同一個靈魂，蛇郎君可以說是最癡情的妖怪了吧。

來到古語知家中，初春馬上奔向房間，果然見到發燒到意識有些模糊的古語知，她趕緊拿了毛巾沾濕後貼在古語知的額頭上，接著端著水讓她吃下退燒藥。

「來，啊。」還不忘一口一口的餵食稀飯，而這段時間，清明和夏至宇就站在旁邊看。

「我要幫語知擦擦汗，你去外面等吧。」初春叮嚀，清明和夏至宇便離開房間。

「初春，謝謝妳過來。但妳怎麼知道……」

「清明很厲害吔，只因為妳早上沒有來打招呼，就知道妳不舒服。」初春這時候還是不忘誇獎自家的好男人，但古語知明白，是夏至宇告訴清明的。

此時，在客廳的夏至宇陷入一種愁雲慘霧，原先想視而不見的清明還是開口問：「說吧。你最不該陷入負面情緒，那會讓你靈魂變質的。」

「……你從來沒有想過，要讓初春也變成妖怪嗎？」

「妖怪大多都是自然的動物修煉成妖，又或是出生即妖。少數可以變成妖怪的人類，都必須經過強大的怨恨與痛苦，才有機會轉變。」清明淡淡地說，「我愛初春，正是因為她無暇的靈魂，造就她獨特的氣質，她的靈魂百年不變是多難得的事情，所以我從來都沒想過要讓她變成妖怪，也不希望她經歷到任何痛苦的事情促使她變成妖怪。」

「這麼說也是……」

「你也別想著要讓古語知變成鬼，她成為鬼，你們也不會有好結果。」

「我當然知道，我怎麼可能那麼做。但是……我對於自己曾經有一瞬間這樣的念頭感到恐懼，這是代表我的靈魂開始變質了嗎？我明明從前再怎麼喜愛外公，也從沒想過要讓外公變成鬼。」

「因為外公等同你的父親，但是古語知則是你愛上的人。」清明笑了聲，「你知道人類也是醜陋又自私的嗎？」

「這是當然的，人類都有私心。」

「你更加接近人類了，才會有這樣想獨佔她的心情。」清明伸手拍了拍夏至宇的肩膀，「我相信你想保護她的心情，希望她幸福快樂的心，一定會戰勝你的私心。」

「……所有人類都會經歷這樣的事情吧。」

「是啊，人類一生會愛上許多人，也會失戀好幾次，最後還是會站起來繼續生活著。」

「人類還真堅強，即便他們手無寸鐵，內心卻如此強大。」

「所以說，我才會百年來都愛著同一個人類。」清明說著，然後初春從屋內走出來。

「語知已經睡著了，吃了藥好多了。」初春看起來鬆了一口氣，「你在跟誰講話？」

「我在自言自語。」清明也是飛快回答。

「那就讓語知休息一下，我們下午再過來一趟。」初春拉起清明的

手，兩個人離開了家裡。

看著他們離去時交握的手，夏至宇飄回了古語知的房間，靜靜注視著她安然睡去的模樣，他默默伸出手想握住她的手，卻怎麼也辨不到。

他改用指尖碰觸著她的臉，滑過她的額頭、眼皮、鼻子、臉頰……忽然古語知張開眼睛，一見到夏至宇的手就在她面前，嚇了一跳。

「怎、怎麼了？」即便感覺不到觸碰，卻還是如此臉紅心跳。

在這瞬間，見到稍微有精神的古語知還有那紅起的臉頰，忽然夏至宇的內心有股心酸，那是一種……開心的情緒。

「希望妳身體健康，永遠不要生病。」他輕聲低語，瞬間令古語知紅了雙眼。

「嗯……」她知道，夏至宇是真心這麼說的。

◇ ◇ ◇

或許是古語知生病的關係，夏至宇的心全在她身上，才會沒注意到村裡有個不尋常的氣場。對方雖然降低了自己的存在感，卻還是引來了一些強大的妖怪注意。

妖怪都是各自為營，只要沒有真正影響到他們，通常不會有所反應。所以當初春與清明步行回家的路上，與一位婀娜的女人擦身而過時，清明也不過是輕瞥了一眼，沒有多加在意。

「好漂亮的女人啊，是誰家的親戚嗎？」初春回頭偷看那身材姣好的美豔女人，但走路的姿勢似乎有些怪異。「是不是受傷了？好像一跛一跛的。」

「是受傷了，我想是舊傷吧。」清明轉過頭，攬著她的肩膀。

「你看一眼就知道是舊傷喔？」

「那也不重要，先說說我們晚餐吃什麼吧？」清明笑著，與初春兩個人陷入了自己的世界。

女人在清明遠離後，也回頭瞥了眼，沒想到這座山居然有如此大蛇盤據，但為了愛情，似乎沒有任何企圖，這讓女人輕輕一笑。

她來到了古語知家門前，敲了幾下門後，忽然夏至宇的頭從一旁的牆冒出，「是誰啊，語知現在不舒服中。」

女人盯著夏至宇看，「她不舒服嗎？要不要我幫她治療一下？」

「！」夏至宇嚇了好大一跳，他從牆壁裡出來，上下打量眼前的女人，「您……請問是……」

「哎呀，你看出我的真身了嗎？」女人有些訝異。

「看不出來，只知道很強。」夏至宇皺眉，「不過沒有惡意，至少這點我還看得出來。」

「當然沒有惡意啦，當初這村子的結界，可是我幫串老頭設的呢。」

◇ ◇ ◇

女人來到古語知的房內，一手按壓在她的眉心，另一手則放在她的頭頂，閉起眼睛像是在醞釀什麼，接著古語知感受到一股暖流從頭頂傳至全身，眉心部分也十分灼熱。

再來，那股熱流傳至末梢神經，再順著腹部往下，最後連腳底板都暖和了起來。古語知覺得身體輕盈不少，她睜開了眼睛，剛才的不舒服都像是假的一樣。

「咦？」一睜眼，看見的卻是一位不認識的美人，而夏至宇還站在一旁。

「醒啦？」女人笑著。

「請問您是……」

「她是外公的朋友，這村的結界就是她設立的。」夏至宇在一旁搶著回答，看起來還有些興奮。

「所以她看得見你？」

「當然看得見。」女人起身，「妳這不是感冒，只是短時間內與太多強大的妖怪靠得太近，所以身體產生了排斥。我剛才已經幫妳把寒氣驅掉了。」

「原來是這樣子……謝謝您。」古語知從床上下來，「那個，不介意的話，我想換個衣服。」

「那是當然，我在客廳等妳。」

走出客廳後，夏至宇一直盯著眼前的女人，他總感覺不是第一次見到這女人，腦海中卻沒任何印象。再來就是，他一直以為這村的結界是外公設立的，沒想到是眼前的女人。

他從以前就很困惑，明明外公的能力並沒有強到可以設置這麼牢固的結界。

眼前的女人，真的很強，跟清明是不同等級的強，因為他根本看不清她的真身。

「不好意思，久等了。」古語知換了一件服裝，出來後先到了廚房倒茶，「謝謝您治療好我，請問您來的用意是……」

「串老頭過世了，我想給他上柱香。順便來檢查結界有沒有損壞，要來補強的。」女人說得乾脆。

竟然叫外公串老頭，似乎是和外公交情很好的朋友……還是妖怪？

「這邊請。」古語知領著她來到外公的相片前，只有簡單的鮮花素果擺放著。她從上頭的抽屜拿出了香，點燃後交給她。

女人接過了香，神情變得有些感傷，「串老頭，沒想到下次見面是這種形式，我來得太晚了。」她閉起眼睛，「不過，似乎也來得正是時候。」

她將香插上香爐，然後合掌再次拜了下，接著看著夏至宇：「你不記得我了嗎？」

「啊？我們小時候見過嗎？我一直覺得眼熟，但又沒什麼印象。」

夏至宇有些尷尬。

「哎呀，真是令人傷心，你在兩歲以前都是我帶的呢，居然不記得我啦？」這句話讓夏至宇和古語知兩人都愣住。

「您是說……您是他的……媽媽？」古語知的話讓女人一愣，接著大笑起來。

「哈哈哈，不是，我不是他媽媽。」女人笑起來的樣子也很美麗，她走回了客廳的位置坐下，古語知注意到她的腳一跛一跛的。

「您受傷了嗎？」

「喔？這個嗎？這是舊傷了。」她有些感傷地摸了摸腳，但卻又聳肩說，「這傷可真是讓我元氣大傷呢，好在現在逐漸恢復了，只是再也沒辦法正常跑跳囉。」

「抱歉，我想知道您小時候帶過我是什麼意思？外公說我一出生就是靈魂，不是死掉的人類的靈魂……所以您知道我到底是……從哪來的囉？」夏至宇一直以來追尋的答案就在眼前，他緊張得有些顫抖。

原來，他也會發抖啊。

「我今天會過來，就是打算說出一切。串老頭曾說過，等我下次來的時候，或許就已經水到渠成，也找到方法解決了。但我看來，目前好像也沒有解決……不過，等我下次再來的時候，或許你們也都跟串老頭一樣死了，所以我還是決定說出口……」妖怪的時間概念不太好，因為生命近乎永恆，他們總忘記人類的壽命短暫。

「我前陣子在石門山旅遊時，見到了床公床婆，他們背包上一堆黑虎白虎，看了真是不忍心。我請他們把黑白虎給我，讓我慢慢調教，別再去殘害胎兒。其實黑白虎並不壞，他們就只是調皮，把他們當做比較不受教的孩子就好。只要經過訓練，他們也能當好老虎的。」女人有著波浪的長髮，身穿剪裁合身的白色洋裝，看起來十分性感。

「黑虎可是吃掉隔壁村的兩個胎兒……這一點也不能說是調皮的程度。」夏至宇抱不平。

「是沒錯……但是妖怪呀，總是會以玩弄人命為樂。有些人類的小孩不也會因為好奇而殺死昆蟲嗎？況且黑虎白虎是靠吃胎兒活下來呢。」

眼前的女人在幫黑白虎說話，這讓夏至宇還有古語知有些警戒。

「哎呀，你們別這樣怕我啦，我只是因為同類所以才會特別如此。」女人當然注意到他們的戒備，於是趕緊說著，「你們可以叫我虎姨。」

「虎……難道……」古語知花容失色，「您是虎姑婆？」

天啊，虎姑婆可是會吃人的啊！

這讓古語知趕緊往廚房跑，要找個什麼刀來防身。而夏至宇也立刻擋在古語知面前，「您要傷害她以前要先過我這關！」

「哇，這是英雄救美嗎？」虎姨見到這一連串的舉動，讓她忍不住大笑起來，「等等，不會吧！夏至宇，你愛上她了？」

原先只是打趣問問，沒想到眼前的兩人都紅起臉，這讓虎姨的笑意僵在嘴邊，「哎呀……你們知道人鬼殊途吧。」

「……」

兩個人都沒有說話，虎姨只能嘆息，沒想到事情會這樣發展。

不過……或許這樣發展也是好事，這也許就是命中註定吧。

「我不是虎姑婆，要真是虎姑婆的話，當年就會先把整村的人都吃掉了，哪還輪得到我設立結界啊。」虎姨拿起桌面上的茶輕啜一口，「你們坐下來，這是一個很長的故事。」

兩人還在猶豫，虎姨又說了：「夏至宇，不想知道你的故事了嗎？」

「我想知道！」結果率先回答的不是夏至宇，而是古語知。

「來吧，我們坐下吧。」她看著夏至宇的眼睛，彷彿在告訴他，終於要知道他的過往了。

於是兩個人也到了一旁的位置坐下，然後靜靜聽著。

◇◇◇

虎姨的真身也是老虎，但並不是虎姑婆，她們是完全不同的。

她很久以前和虎姑婆見過一次面，對方身上的血腥味很重，兩人並沒有劍拔弩張，因為雙方都是妖力很強的妖怪，沒必要引起衝突。

虎姑婆甚至還有禮貌地與虎姨談笑風生，之後和平分開，虎姨知道，虎姑婆直到現在依舊在山裡伺機而動，但近幾年越來越少聽見虎姑婆的傳聞，或許她進入長時間的冬眠了吧。

會見到虎姑婆，是因為虎姑婆入了她的山。虎姨是虎形山的老虎精。

在日治時代以前，虎形山的整體就是虎姨的真身，她會幻化成老虎巡山，除了保衛這座山，還會保護山裡的人們免於強盜攻擊。

那時虎形山上的樹影，從側面看起來就像是老虎的斑紋，而整座虎形山樣貌宛如老虎側臥的姿態，莊嚴而神聖。那時地靈人傑，整座虎形山都充滿著生機，也是虎姨能力最鼎盛的顛峰。

然而日治時期，為了從大直開一條路通往內湖，於是切斷了虎形山的

腳部位置，虎姨為此受了重傷，那被切斷的位置流出了鮮血般的紅水，甚至流了三天三夜，整個虎形陂都染成了紅色。

虎姨在山上不斷悲鳴，人們哭泣，沒人能夠阻止時代的進步。

如果要活下來，那虎姨只能放棄虎形山。於是虎姨從一座山，變成了一隻虎的大小，她的能力大大降低，修養了好長的一段時間。

失去了老虎精的虎形山，從此山上的樹林不再是老虎斑紋，也沒人再見過她。

至此，更沒有人記得，虎形山曾經有隻真正的老虎精守護著。

她大概是臺灣唯一的一隻野生老虎了。

就在她修養了好長的一段時間，終於能夠行走。臺北對她而言實在太傷痛，於是虎姨遊山玩水了整個臺灣，卻再也沒有踏入臺北市一步。這是她跨不過去的傷痛，無論時間過去多久，最多也只會踏入新北市。

◇ ◇ ◇

那一天，正當她準備進入烏來觀光時，在山下遇見了一對夫妻，妻子的肚子很大，距離生產還有一個月的時間，那是生孩子前的最後一趟旅行，感受最後的兩人世界。

虎姨之所以會多注意他們一點，是因為懷孕的太太身上有魔神仔的味道。那像是被做上記號一般。既然都遇見了，那虎姨不介意順手幫忙一下，相逢即是有緣。

於是，她下了一點點結界，可以蒙蔽魔神仔的入山記號；簡單來說，就是給妖怪鬼遮眼。

就這麼陰錯陽差地，幫助了串碧躲過魔神仔的眼目。

那天的夜很清朗，沒有任何一片雲，虎姨在山林間吸取著日月精華，在越來越發達的城市之中，山林間的靈氣越來越稀薄。

不過，取而代之的是人氣，這也是另一種活力注入。

「咕——」

一道聲響吸引了虎姨的注意，在夜裡的啼叫，如雞啼，卻不是雞。

「這可真是難得啊。」沒想到在這裡的山林間，居然也有雷公鳥。

虎姨尋找著樹枝上是否有祂的蹤跡，最後在其中一座大樹上看見了雷公鳥佇留在那。

雷公鳥，外形似雞，叫聲也像是雞，但祂可是貨真價實的神靈。雖然體積不大，卻擁有等同雷公的能力，能吸引雷電，引發雷聲，甚至還能召喚雨雲。

聽起來雖然十分強大，也是有冒失的時候。

古早就曾有隻雷公鳥，隨著落雷飛入人間，不小心飛到一個產婦的房內。當時產婦還在月內，以前的人總認為月內的房間是不潔的，雷公鳥沾染了月內裡的不潔，失去了原本的神通能力，陷在房間內無法離開。

這時有個小偷恰巧進來，見到雷公鳥還以為是隻肥雞，喜孜孜地把祂偷了出去。當小偷一跑出房外，雷公鳥原先沾染的不潔頓時而解，法力也馬上恢復，就這樣飛向天空。

從此以後，雷公鳥為了報答小偷的恩情，從不會落雷到小偷身上。這一點也是讓神界頭疼，但是恩情如此之大，也只能尊重雷公鳥的意見了。

虎姨笑著，而雷公鳥注意到了老虎精就在下頭，瞇起眼睛後發現是虎形山的老虎，便頷首示意。

「您好。」虎姨也笑著揮手，這時才發現，樹上居然不只一隻雷公鳥停留。

「哎呀，我是不是該去躲一下？」虎姨笑稱，這麼多聚在一起，恐怕是要打大雷了。

果不其然，那晚打的雷幾乎是百年難得一見，整晚閃電沒有停過，伴

隨著巨大的落雷聲，這讓大家都覺得天有異象，還擔心是不是什麼天災的前兆。

不過……其實只是一群雷公鳥在比賽誰落的雷更大就是了……

說來也巧，因為雷公鳥就在身邊，有個淘氣的小天使感應到了神鳥的靈氣，出於好奇跑出了肚子，想看看雷公鳥的真身，結果卻被巨大的落雷嚇到，離開了媽媽身邊。

小小的靈魂在樹林間亂竄，躲進了一座大樹的樹洞，久久不敢出來。

在雷公鳥離開了三天後的清晨，於山洞裡頭睡覺的虎姨才出來，正當她打了哈欠，到了一棵大樹邊準備用樹皮磨蹭自己的背時，才發現樹洞裡面居然藏了個胎兒靈魂。

那個胎兒，就是夏至宇。

這就是夏至宇出生的祕密，他本該由串碧生出，卻因為雷公鳥而沒有出生，但進入投胎程序的他已經是個人類，卻沒有肉身。

◇
◇
◇

聽到這裡，夏至宇和古語知驚訝地彼此互看，「所以，他原本該是我媽媽的孩子……那我呢？為什麼變成是我？」

「肚裡的胎兒沒有靈魂是很危險的，妳媽媽馬上就前往醫院生產了，也因為找不到胎兒的靈魂，於是神明只能緊急調度一個靈魂來到肚子裡。等到我回報的時候，妳已經出生了。」虎姨看著古語知，扯了嘴角一抹苦笑，「所以夏至宇也算是那天出生了。」

「……」沒想到背後竟然是這樣的故事。

原來我們兩個人之間的羈絆是這種。

「那我該怎麼辦？就一直……這個樣子嗎？」

「語知是代替你出生的，所以她就等同於你……也就是說，當她的陽壽近了，你也就能再次回歸到投胎程序。」

「這樣也不錯呢。」夏至宇露出微笑，這讓古語知愣了下。

「不錯？」

「嗯，至少我知道自己不是漫無目的地一直這樣活著。雖然也沒有不好，但是其實滿孤單的，沒有人跟我聊天……有啦，土地公、清明、竹林裡的那些妖怪都有，可是沒有任何的人類……即便可以看見我的小孩，在長大後也會看不見了。幸好我知道了自己也能再次進入投胎變成人類，這真是好消息呢。」

古語知聽到他這麼說後馬上哭了。

「是我搶走了你的人生……」

「怎麼會？謝謝妳代替我成為了媽媽的女兒。不然媽媽怎麼辦？而且本來就是因為我貪玩，才會導致這樣的事情發生啊。」夏至宇豁達。

「不是！是雷公鳥的錯。奇怪了，雷公鳥會因為小偷救了他就不落雷。那他們讓夏至宇成了這樣的狀態，難道就沒有其他表示嗎？」古語

知為夏至宇抱不平。

「當然有……但因為程序比較麻煩，總之，他們很抱歉。」虎姨雖這麼說，但是這件事情其實不該是她來處理，畢竟她屬於妖，而雷公鳥可是神靈呢。

「沒事啦，反正現在知道啦，這樣也不錯。」夏至宇輕鬆了不少，「謝謝您過來告訴我這件事情。對了，土地公知道嗎？」

「祂不知道詳細的狀況，這件事只有上天跟我和你外公知道。」

「那真的怪了，為什麼外公從來不告訴我呢？」

虎姨聽到夏至宇這麼說，只能苦笑沒有回應。

「那好，我要去把這件事情告訴土地公~祂一直以來也很擔心我呢。」

「那你去吧，我晚點要離開時，再過去跟祂打聲招呼。」

「您晚點就要走嗎？」古語知問。

「是啊，我也不能在這裡久待。山上的魔神仔對我也不太開心，而且

你們村裡現在有了新的大蛇妖進駐呢。」

「他們很浪漫呢。」古語知帶著笑意說，「那我想先跟虎姨聊一下，你先去吧。」

「嗯。」夏至宇說完，就快速地飄走了。

虎姨嘴角的微笑輕輕放下，然後看著古語知問：「妳有其他想問我的問題，對吧？」

「嗯……我想夏至宇一定也是一樣的疑問，只是他不敢問吧。」古語知還往窗戶外看了下，確定夏至宇不在，「妳發現了夏至宇的靈魂，也帶著他生活了快要兩年，為什麼最後會到了外公這裡呢？」

「因為雷公鳥回報了上天，這是祂們的錯誤，然而已經出生的生命也沒辦法收回，更不可能交換靈魂。串碧命中只有一子，卻變成了一女，這一切卻像是命運所安排的。」虎姨說道，「命運是唯一能壓過眾神安排的神祕巧合，冥冥之中自有定數這句話，就連神明也適用。」

她說，雷公鳥回報了天庭，得到了神明的指示，要她將夏至宇送往串碧的父親，也就是串村長所在的島山村生活。

於是她帶著夏至宇來到這，說明了來意，外公潸然淚下，一直以來擔心害怕著唯一的女兒在未來某日被魔神仔帶走，但此刻他彷彿見到了一線生機。

也是這個時候，虎姨才明白雷公鳥所謂的冥冥之中自有定數這句話。她的不經意一個善舉，幫助了串村長的女兒躲過了第一次的魔神仔追擊；也因為如此，古語知和夏至宇才有被生下來的機會；卻也因為如此，夏至宇才會遇見了雷公鳥，導致古語知代替他出生。

這命運早在還沒出生前，就已經被緊緊相連著了。

「妳……喜歡他吧？」

古語知扯了嘴角，苦澀一笑。

「很傻，對吧？」

「不，不傻。」虎姨悵然。

在愛情之中，誰又何嘗不是傻瓜呢？

# 命運的安排

虎姨的話還沒說完就停了下來，古語知主動伸手，握住了虎姨的手。

「我記得媽媽跟我說過，在我出生的前三天有大落雷，而我出生的時候正是夏至那天的晚上。虎姨，您說您是早上見到了夏至宇，我則是中午出生的……」話到此處，古語知說得也明白。

即便虎姨腳受傷了，絕對趕得及到她出生的醫院。

「我知道事態緊急，也知道夏至宇的靈魂沒有回到母體有多危險，但……」虎姨另一手捧著古語知的臉頰，臉上帶著笑意，卻充滿痛苦又自

責地說，「但是妳的出生地在臺北市，我沒辦法進去，即便人命關天，當時還是沒能跨過自己內心的障礙。」

難怪虎姨才會有強烈的罪惡感，明明只要她踏入了，就可以讓夏至宇平安出生。然而，卻因為她自己解不開的心結，才導致夏至宇這個純潔的迷途靈魂，成為了未出生的魂魄。

她本想一輩子帶著夏至宇成長當做負責，她讓只有手掌大小的夏至宇靈魂在自己的背上，抓緊她那白色的虎毛於山林間奔跑，帶他認識山、水、風、土等自然元素，讓他感受海水與河水的不同，讓他在雨下玩耍，於湖中游泳。

帶他穿梭在浩瀚星空，又徜徉人間燈火。那小小又清澈的眼眸映照著這世界，原本他能用肉身感知到這個世界，卻因為虎姨的懦弱，全都被奪走了。

因此當她經由神明的指引來到了島山村，從串村長那裡得知了一切因

果，還有命運的安排時，她終於得到了救贖。

「命運……是神明決定的嗎？」

「不，命運是連神明都嘖嘖稱奇的神祕力量，命運都已經安排好了，神明才會比人類萬物早一步知曉。」

「……我們是被命運眷顧的嗎？」

「就那麼想吧。只是再來該怎麼做，我也不確定。況且依照目前的狀況來看……你媽媽還是被魔神仔影響而亡，而夏至宇也只能等待妳陽壽盡了，再一起投胎……」

「至少我的媽媽是和爸爸相愛結婚，並且還有了愛的結晶。而不是嫁給魔神仔，一輩子窩在那冰冷的山洞裡。」古語知誠摯地說著，「謝謝您，虎姨。」

她的這句道謝，對虎姨來說有多重要。

「對了，妳一直說關於那個神明的事情，請問那個神明是……」

「喔。」虎姨擦了眼角的淚水，「就是臨水夫人。」

臨水夫人，是歷史上真正存在過的人物，相傳於唐末五代，叫做陳靖姑。

據傳她年少時就異常聰穎，甚至具有通靈的能力，成為高強的女道士，濟世救人、為民除害，也因此惹怒了許多妖道。而後臨水夫人帶著身孕幫助世人祈雨時，遭到妖怪暗算，就這麼丟失了性命。

升格為神靈後，她認為殺妖不難，順產卻難，於是她開始修行關於生產事宜，就這麼成為了婦女、兒童的保護神，能保佑婦女順產、孩童健康。

這麼一位高神格的神靈，居然會插手夏至宇的事情，實在是太不可思議了。

「因為夏至宇是妳媽媽向臨水夫人求來的孩子。」

「咦？」

「他們祈求賜子，而臨水夫人當然知道串碧的天生神力，擁有可以看見常人不能及的雙眼。她很願意讓在自己旗下修行的靈魂，投胎至這樣靈感強的人類之腹。只是沒想到雷公鳥的莽撞，讓這靈魂躲了起來，於是臨水夫人便只能快點讓另一個靈魂頂替，也就是妳。」

「原來是這樣子……」古語知垂下眼睛，「我和夏至宇的靈魂羈絆這麼深，今生相識，卻也只能到此。」

「……如果依照原本的模式，你們連相識都沒辦法。能在人間有過短暫相逢，已經是一場緣分了。」

「……是啊，或許這份感情，在我離開後也會消失吧。」古語知說謊騙著自己。

這裡就像是一個世外桃源一樣，待她離開了這裡的一切，返回現實後，或許會逐漸淡忘。可是，這裡卻是她內心最純淨的一塊應許之地。

「那我也該去巡視結界了，結束之後，會到土地公那邊打聲招呼，然後我就會離開了。」虎姨起身，古語知也跟著起身。

「難道您都不會想……多跟夏至宇相處一下嗎？」古語知問，「因為您也帶過他一段時間，某個程度來說，也算是他的媽媽……」

「哎呀，我剛剛已經見到他了，也知道他過得還不錯，這樣就夠了。」虎姨笑著。

她還記得他那小小的模樣，抓住她背上毛的小手有多用力，那看見星辰的開心表情，還有碰觸冰水的驚訝神情。

恍如昨日，歷歷在目。

但是他已經忘記了自己，只記得串老頭了，對他來說，串老頭才是他的爸爸吧。

◇ ◇ ◇

「我就一直覺得，你不太一樣……原來是這個樣子啊……」土地公當然有感應到強大的虎妖前來，也知道這座山的結界是虎妖設立，更知道夏至宇當年是虎妖帶來的。

可是其他更多、更詳細的事情，祂就不知道了。

神明不會過問其他事情，更不會嚼舌根，因為那可能會惹來麻煩。況且，土地公的位階，知道的事情少一點，會讓祂過得好一點。

光是要煩惱人類的事情就夠忙了，命運什麼的，還是別知道比較好。

「虎姨說她等等也會來跟您打招呼。」古語知徐徐走來並說著。而聽聞這樣的話，讓土地公急忙忙地要去整理一下。

長椅上只剩下古語知和夏至宇兩人，雖然有點猶豫，但古語知還是把臨水夫人的事情都告訴他了。

「等等虎姨就要離開了，你不打算跟她多說點什麼嗎？」

「……」

「或許之後你再也見不到她喔。」畢竟妖怪的壽命和人類不同，雖然夏至宇是鬼，可是他是跟著古語知的陽壽在走，也算是一個有壽命的鬼。

「哎呀，您太客氣了啦！」他們聽見虎姨的聲音從前方傳來，原來是土地公帶著虎爺，正在和虎姨打招呼，虎爺甚至還給虎姨自己喜愛的雞蛋當禮物。

他們聊得開心，夏至宇和古語知就坐在這裡看著。之後土地公帶著虎爺回到廟裡，而虎姨朝他們走過來，手裡拿著許多土地公贈送的禮物。

「你們家土地公太客氣了，我拿了這麼多好東西。」虎姨笑著，「結界我都檢查過也補強過了，還順便跟魔神仔打了招呼。那個血紅眼睛的美少年好兇啊，不過倒是沒有攻擊性。」

「他還用美少年的外型啊？」古語知很訝異。

「是啊，或許跟人類和平共處久了，他也會逐漸喜歡上人類喔。」說完，虎姨還笑了下，然後她的眼睛不著痕跡地看了夏至宇一眼，接著說，

「那我得要走了，我還要去很多地方呢。」

「您……」夏至宇忽地開口，「您現在，沒有了虎形山，都棲身在哪？」

虎姨有些訝異，然後笑著說，「哪裡都是我的棲息地啊，我在臺灣各處都有朋友，到處走走與他們打招呼。下個月我還打算跟牛爺、馬爺他們一起去日本觀光呢！」

「您們還能出國喔？」

「當然可以，不過也是要請示日本的神靈，允許了才能過去。」

「真好，外面的世界不知道長什麼樣子。」

這句話令虎姨的笑容一僵，而古語知則好奇，「你從來沒去過？你應該可以到處走的啊。」

「是可以，但是我也沒有真的想要離開。」夏至宇聳聳肩，然後看著似乎很是自責的虎姨。

「但是，我記得我很小的時候，曾經在一個寬廣又舒服的白色毛皮上，在大海、星辰、山林、高山等處奔跑著。」

「！」虎姨愣住，抬起頭看他。

夏至宇有些臉紅，眼眶也有些發熱，「謝謝您……曾經這麼用心照顧過我，帶我看了那些即便我真的成為了人類，終其一生也不會見到的美麗風景。」

沒想到，在那麼小的時候帶他看過的世界，他還會記得。而且，還記得她的毛是白色的。

這讓虎姨熱淚盈眶，她是臺灣唯一一隻老虎精，連她是怎麼來到這個沒有野生老虎的臺灣，都不知道。她或許就是那似虎形的山，因為人們的信仰，仰賴著山林間的靈氣所自然孕育出的妖怪。

現在的臺灣，已經越來越難自然孕育出妖怪了，幾乎不可能有機會，再次孕育出一隻老虎精。

虎姨從來沒想過自己會有孩子，然而就這麼遇見了夏至宇。雖然是不同物種，可是在那短短的兩年時光，她是真正地成為了一個母親。

「謝謝您照顧我。」夏至宇哭了出來，即便串碧才是臨水夫人所安排的母親，但是對他來說，虎姨才是真正的母親。

「你這孩子真是……」虎姨伸出了手，擁抱住了夏至宇。

妖與鬼，在某種程度上屬於同一世界的物種，所以他們能互相碰觸。而這樣的懷抱好懷念，夏至宇記起來了，在好多個夜晚，小小的他曾經在每個晚上都這樣蜷縮在一頭白色的大老虎懷中。

然後，他想起了虎姨的臉。

虎姨也曾抱著他，細數著水中的魚、天上的星、牆上的影。

「媽媽……」夏至宇哭了起來，抱住了她。

他的確成長了，他的靈魂隨著這些年長大。可是在他兩歲以後，照顧他的串外公連碰都碰不到他，沒辦法給他擁抱、沒辦法在他跌倒時扶著

他、也沒辦法在他學會了什麼時摸著他的頭給予稱讚。

夏至宇的確有成長，只是他內心的小男孩，依舊是當年趴在虎姨背上的，那個眼睛發亮的靈魂。

◇◇◇

虎姨最後是帶著淚水與笑容離開了，她也答應夏至宇，很快就會回來看看他。

「有機會，你也和她一起去走走吧。」古語知看著夕陽落下，「你沒必要困在這山裡的村子，就出去晃晃吧，或許你也能找到其他看得見你的人類。」

「很有吸引力，但我喜歡這個村莊。」夏至宇伸手，將手貼在古語知的手外，那恰到好處密合的模樣，就好像他們現在真正在牽手似地，「我

也喜歡妳。」

這突如其來的告白，卻一點都不突兀。古語知哭了起來，而夏至宇也跟著掉淚。

「對不起吶，我是不是不應該說的？」

「不、不是的。就算你不說，有一天我也會告訴你的。」古語知擦著眼淚，抬頭對他露出最美的笑容，淚水卻還是從臉頰不斷滑落，「我也喜歡你吶。」

「太好了，我們兩情相悅。」夏至宇張開雙手，然後將古語知抱入懷中，想當然耳，她什麼都感覺不到，他也什麼都感覺不到。

他們面對的就是，彼此近在咫尺，感受到的只有空氣。

兩個人都哭了，在這不長不短的夏日裡，他們在這樣日常的相處之下，居然就這麼喜歡上了彼此。

然而，正是因為無法圓滿，才會格外放在心上嗎？

「我很抱歉，之前還想過如果妳也變成鬼了，我們就能在一起。」夏至宇老實承認。

「那我也很抱歉，就算很喜歡你，也從沒想過要變成鬼和你在一起。」古語知也老實說。

然後他們兩個都笑了。

喜歡，彼此都要做些犧牲，但這種狀況不適用在他們身上。

當然，他們也可以選擇一輩子在一起，一人一鬼的。

可是不能碰觸的悲哀，有一天一定會成為壓垮他們兩人感情的最後一根稻草。

他們內心都十分清楚，什麼時候該放開手，對彼此才是最好，況且他們的壽命是緊緊相依的。

古語知第一次體會到，死亡不是孤獨的這件事有多好。

在那條路上，她不會孤獨，當她離開的時候，夏至宇也會跟她一起。

「……我感覺，好像事情快要結束了。」夏至宇有些悵然，串外公曾跟他說過，跟著他的孫女，一定會找到他的歸屬。

原來他的孫女，真的就是他的歸屬。

或許正是因為這樣的連結，串外公才可以透過夏至宇，知道原來他有了孫女，也能知道他的孫女過得好不好。

另外一方面，串外公也真的是照顧了他自己的孫子。

「嗯，其實我以後也可以……常常回來村裡跟你見面，或是你也能跟著我回到家裡，我們能……」

「不了，妳有妳的人生，我們就到這裡，或許對我們都會比較好。」讓他們的感情停在開花又尚未結果的階段，這樣對彼此的回憶來說，這都是一段歷久彌新的戀情。

「……」古語知自然也明白這個道理，她再次掉下眼淚，而夏至宇連幫她擦淚這一點都做不到。

「我們，最後去約會一次吧。」夏至宇說著。

「嗯。」古語知也點頭。

為了這最後的約會不被打擾，他們幾乎避開了村民，沿著山邊的步道卻又小心翼翼地不踏入山。畢竟魔神仔的度量很小，最好是別再進入他們的地盤。

「可惜了，沒辦法看那漂亮的瀑布。」

「或許正是因為有魔神仔的守護，所以那座瀑布才會這麼美吧。」夏至宇提出了不同的觀點，古語知也同意。

正是因為沒有人類的過度踏足，讓自然界孕育出的妖怪守護著，才會維持最原始的美景。

接著他們走到了外頭的馬路，派出所的員警們正在泡茶聊天，而張家村的村民還帶著水果走進派出所。這麼樸實又愜意的午後，是治安平順的證明，多希望世界上的每一個角落都是如此。

「想當初妳還想逃離這裡，結果被鬼打牆呢。」

「對，是你給我鬼打牆的嗎？」古語知都快忘記這件事情了。

「當然不是，是虎姨的結界法力。外公曾說過，妳會帶我找到歸屬，或許就是因為這樣，才會讓妳無法離開。」

現在古語知隨時都能離開了，她卻不想這麼做。

可是，她不能永遠待在這裡，畢竟她有想實現的夢想，也有想看看世界的渴望。

「你真的不跟我走嗎？」古語知又不死心地問。

「嗯，總有一天，我們會不甘心只有柏拉圖式的愛情，那會讓我們之間變質的。而我也不想發生那種讓自己無法控制嫉妒、慾望的事情……我害怕萬一我的靈魂變質了，成了厲鬼那該怎麼辦？」

「聽起來好像真的會發生。」古語知失笑，「我明白了。」

就這樣，他們漫步走回村裡，卻發現很多村民聚集在土地公廟前，這

讓他們很是意外。

「初春，怎麼了？」古語知看著在人群後張望的初春，她滿臉興奮地轉過頭。

「啊，妳回來了！」

「清明呢？」難得清明沒有跟在初春身邊。

「他喔，不知道為什麼跟我走到一半就說要先回去了。」初春皺眉，「好像忽然很不舒服一樣，很怪呢。」

「是喔，這麼難得？」妖怪也會不舒服嗎？「對了，大家聚集在這邊做什麼？」

「對啦對啦！我都不知道原來串外公有個遠房親戚這麼漂亮？我剛剛以為是什麼電影明星吔。」

「啊？」古語知愣住，和一旁的夏至宇面面相覷。

「她在等妳，快點過去。」初春推著古語知往前，「語知回來啦～」

「哎呀，語知回來了，大家讓讓啊。」江婆婆也在人群的前方呼聲叫道，所以村民都往左右退開，使得古語知可以一眼望到底，看見了一個漂亮的女人坐在土地公廟前的長椅上，而土地公居然就在旁邊幫她倒茶？

「大家忽然都看得見土地公了？」古語知驚訝地問夏至宇。

「神明有時候可以讓人類看到沒錯，可是土地公的能力除非有人加持，不然不容易……等等……」夏至宇很是驚訝。

「你們在做什麼？過來啊。」女人開口，所有村民又回頭看了一下古語知，然後露出了驚訝的表情。

「哇，什麼時候有一個男生，我剛剛怎麼沒注意到。」初春驚呼，但最震驚的是夏至宇和古語知。

「她在講我嗎？」夏至宇對著古語知比著自己。

「妳在講他嗎？」古語知對著初春比著夏至宇。

「啊？不然還有誰？」初春覺得這問題很奇怪，對上了夏至宇的眼睛，「是帥哥耶，妳男朋友？」

這麼多年來，夏至宇在這個村這麼多年，他認識每個村民，知道每個村民的故事，但唯獨沒有人認識他。

「……！」他眼眶泛紅，忍著哭泣。

「過來吧。」女人又再次說話了，她掛著溫柔的表情，看起來很是心疼。

「走吧。」古語知對夏至宇伸出手，而夏至宇看著那隻手，便緩緩地牽上。

這一次，他們真真切切的，碰觸到了彼此。

那炙熱的皮膚、溫熱的氣息、會因為陽光而流汗的自然現象，還有對抗著地心引力的重力感……這……是真正的肉身。

要不是現場這麼多人，古語知多想就奔到夏至宇的懷中，想要緊緊抱住他。

可是她明白，眼前的女人有多尊貴，她得先與夏至宇到她面前才行。

「你們來啦。」土地公笑著站在他們身邊，古語知有好多問題想問。

眼前的女人有著一頭秀麗的長髮，穿著一身休閒服裝，看起來很像剛去完健身房。身上的肌肉明顯可見，線條十分優雅。

她的氣場能量強大，似乎還散發著金光……她……是位階很高的神。

「終於見到你們了，我為我的同事向你們道歉，因為他的關係，害得你們命運多舛。兩位都是我珍惜的孩子，所以我花了一點時間，才能安排好這副身體。」她指著此刻夏至宇的肉身。

「難道您是……」夏至宇和古語知捂住嘴，不敢相信臨水夫人會親臨。

「這副肉身是借給你的，所以你得好好珍惜。在你們陽壽盡了後，記得完好無缺地還給我。」臨水夫人起身，「就是這樣，我只是來告訴你們這件事情，順便來看看這個地方，很不錯啊，靈秀之地。」

「您的意思是說……夏至宇他可以……可以當人類了？」古語知太過驚訝，不敢相信命運會如此翻轉。

「嗯，這可不是人人都有的機會啊。」臨水夫人一笑，「這是賠罪，也是道謝，更是身為一個母親所為孩子做的。」

對臨水夫人來說，古語知和夏至宇就是她的孩子。畢竟，在天上時，他們可是跟在她的身邊呢。

她凝視著兩人：「你們在天上感情也很好呢，這一世要好好珍惜。」

夏至宇哭了起來，這是第一次，他能感受到溫熱的淚水從眼眶流出。

「好了，我得回去了，還有很多事要忙呢。」臨水夫人對著土地公一笑，「不用送了，謝謝你將這裡維護得這麼好。」

「哪裡哪裡。」土地公笑著，像極了見到上司的員工。

就這樣地，臨水夫人走出了村裡，還故意在初春家前停留一下，裡頭

的蛇郎君可是嚇得皮皮挫呢。

臨水夫人離開以後，村民們像是大夢初醒一般，不知道為什麼自己會在那裡，也忘記了剛才所見到的。

神奇的是，他們每個人都對夏至宇打招呼，就好像是他從兩歲時來到外公家後，所有村民就都見得到他一樣。

「至宇哥，等一下要一起打球喔！」小藍從旁邊拿著球經過，對著夏至宇喊。

夏至宇摀住臉蹲下，不斷落淚，他從來不敢想像，有一天能擁有真正的肉身。他內心一直空缺的一個大洞，彷彿正被填滿一樣，如此滿足。

「夏至宇……」古語知也跟著蹲到了他的面前，伸手抱住了他。

「語知。」夏至宇也回抱了她。

原來一個擁抱，是多麼令人珍惜且得來不易的。

◇
◇
◇

「語知啊，爸爸快要到了，就在派出所前面等妳。」爸爸開著車上來，而夏至宇幫忙搬著一些屬於媽媽的東西。

他們站在村口等，今天，古語知要回家了。

「你什麼時候會下山？要不要我和爸爸再過來接你？」

「再一陣子吧，我想把外公的東西都整理好，至少也得先把事情都交接好。」夏至宇看著箱子裡頭的照片，「真是神奇，本來你的爸媽，會是我的爸媽。」

「他們以後，也會是你的爸媽啊。」古語知紅著臉，裝做若無其事的看著前面，「我是說可能。」

「是齁，可能。」夏至宇大笑著。

「喂。」清明忽地出現，站在他們身邊。「你還真打算把村長這個位

置交給我喔？難道要變成蛇妖村？」

「畢竟你可以當妖怪與人類溝通的橋樑。」

「都不怕我變異，吃掉全村？」清明瞇起眼睛，「也太信得過我了。」

「不是信你，是信你對初春的愛。」古語知歪頭看著清明，「就拜託你了。」

清明無話可說，瞇著眼睛上下打量了夏至宇，「真是不懂你，當人類有什麼好？會生病、會痛、會死。真不曉得你沒事當人做什麼，當鬼不是很好嗎？」

夏至宇和古語知相識一笑，「當人最好了，至少我可以握緊她的手。」

「噁心。」

蛇郎君還真是沒資格說這句話呢。

「啊，爸爸的車來了。」古語知揮著手，然後對清明也揮手，「我們下次見吧。」

「哼，路上小心。」清明一笑，初春正躲在房裡哭呢，之後，或許他也得帶初春下山，去找古語知……還有初夏吧。

「爸爸！我要跟你介紹一個人。」古語知來到了爸爸的窗邊，而緊張萬分的夏至宇正僵硬地走過來。

「這是……」爸爸疑惑，而古語知笑著。

「他叫做夏至宇，跟我一樣都在夏至出生的……」

◇◇◇

這是一個很長的故事，從串碧開始就結下的緣分，或許這一切正是命中註定的最佳範例。

大家一定聽過一種浪漫又恐怖的愛情承諾，「不求同年同月同日生，但求同年同月同日死。」

而古語知和夏至宇兩人，是真正的同年同月同日生，也會同年同月同日死。

這種靈魂的羈絆，是他們愛情最美的寫照。

（全文完）

# 番外——在成爲我們以前

女孩側頭往外看去，又把頭縮了回來，沒過多久又看出去，如此反覆著幾次，身旁的其他女童都不耐煩了。

「喂，妳在急躁什麼呢？」

「是呀是呀，從剛才就一直往外看，在看什麼？」

「難道又在看他嗎？」

「妳們別瞎說。」女孩紅起了臉，敵不過其他女孩嘰喳道，只能裝作聽不見地繼續觀察外頭。

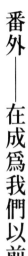

她們幾個都是跟在臨水夫人身邊修行的孩子，雖然說是修行，但大多時刻都在玩耍，並沒有真的要修煉什麼，最多就是幫臨水夫人做些雜事，像是花園的花朵澆水灌溉，或是跑腿送文件等，都是一些很簡單的事情。

他們唯一要做的，就是玩耍，這也是臨水夫人收留他們的唯一要求。

他們都是可憐的迷途靈魂，有些人來不及投胎就被遣返、有些人是不到時候、有些人對生母還有執念等等，總之來到這裡的小靈魂們，都是些需要愛的灌溉，讓他們在合適的時機重返人間。

女孩在這裡有許多玩伴，每天都開心度日，有時候臨水夫人判斷時間合適了，便會讓孩子們去投胎，而有些孩子會選擇在臨水夫人身邊繼續做事，成為一旁的童子幫手。

在孩子們還摸不清自己要什麼以前，都可以在臨水夫人賜予的這片無憂無慮的天地自由成長，直到他們準備好了，就可以選擇接下來的路。

遠遠地，女孩看見一個小男孩端著澆水器走了過來，她漾開了笑容對

男孩揮手，男孩一瞧見她，也開心地小碎步跑來。

「穀雨。」男孩開心地跑了過來，牽住了她的小手。

「夏至。」女孩也微笑道。

這邊的男童女童基本上是沒有名字的，臨水夫人或是其他天宮姊姊不需要喊出名字，他們也能知道是在呼喚誰。

只是他們兩個為彼此取了名字，源自於某次一同跑腿時，在臨水夫人的書房內看見了二十四節氣的書本，他們不認得字，只覺得這兩個字的形狀看起來特別美麗，在多方詢問之下，終於明白了這幾個字的念法，就這麼給對方取上了。

當然，這是他們的小祕密，他們不會在別人面前呼喚彼此取的名字。

「你今天忙了些什麼呢？」穀雨問。

「和天宮姊姊去澆花，花園的花開了好多，五顏六色的。」

「哼，那有什麼，我上次看姊姊們到了中庭的花園，那可還有彩色花

朵呢。」

「一朵花就有各種顏色的那種嗎？」夏至亮起眼睛。

「是呀。」穀雨也驕傲地說。

「真好，我也想去中庭的花園澆水。」

穀雨靈機一動，提了一個危險的想法。「還是我們現在偷偷跑去看？」

「不好啦，臨水夫人不是交代過，我們不可以亂跑的嗎？」

「唉唷，那又沒什麼，而且我們也知道路在哪邊，又不是沒有去過。」

穀雨拍拍胸口，「這才不是亂跑呢。」

說的也是，他們又不是跑出了臨水夫人的官邸，只是到了後面的中庭花園罷了。

雖然臨水夫人千交代萬交代過，沒有她的指示，幾個孩子能夠活動的地方就只有前院和側院宅邸。

不過，夏至和穀雨兩人狼狽為奸，又或是說兩小無猜，總之兩個人一

起做壞事的力量與勇氣總比一個人大，所以相互笑了下，牽起了小手就要往旁邊跑去。

「你們要去哪裡呀？」其他的孩子們發現了出聲詢問。

「我們要去旁邊玩。」兩個人有默契的異口同聲，就這樣「光明正大」地跑走了。

中庭花園的位置其實距離並不遠，穿過側邊的宅邸，再經過一座小橋，橋下可以看見人間的狀態。幾個農家人正在耕田，但兩個孩子只是嬉笑著穿過了橋，看著雲間竄出的瀑布嘩啦啦地再次落入雲中。

中庭花園就在那裡，周圍有雲霧繚繞，還有日暈，白色的神鳥們在一旁飛舞，有著好幾道翅膀，尾巴則是紅色一點，乍看還有點像愛心。

「哇～好漂亮啊！」夏至發出讚嘆，眼前的中庭花園和他上次來時截然不同，盛開了許多七彩的花束，甚至有些還會搖晃著身軀，似乎在與他打招呼一般。

「很美吧！我很常來這邊澆水喔！」穀雨驕傲的插起腰，這些花朵可都是她細心澆水的成果啊。

「誰在那裡？」一個聲音讓兩個孩子嚇了好大一跳，他們這下子才注意到，有個穿著白色素衣的男人方才似乎是蹲在花圃之中，聽見了聲音才起身。

「啊，對不起……」兩個孩子連忙手牽著手緊緊地依靠彼此，他們沒見過這個人，一般來講，中庭花園不會有外人，除非是臨水夫人的客人。

客人!?

一想到這個，兩個孩子臉色刷白地互看了彼此，糟糕了，客人在這，那表示……

「我有派你們來這嗎？」臨水夫人倏地出現在背後，兩個孩子差點嚇到尖叫。

「對、對不起，我們只是……」

「想來看看漂亮的花……」

穀雨與夏至結結巴巴地說，低下頭看著自己圓潤光滑的小腳指頭，雙手搓著，不知道該怎麼辦。

「呵，也別苛責他們了。孩子們想看看花朵罷了。」白衣的男人開口。

「你哪隻眼睛看到我苛責他們啦？」臨水夫人嘆氣，「好了，你們快點回去吧。」

兩個孩子聽到臨水夫人這麼說，鬆了一口氣後趕緊離開。

「是要準備投胎的孩子嗎？」

「我覺得還沒準備好，應該要再待一段時間。」

「我看有一個已經準備好了。」

他們斷斷續續聽到這樣的話，但兩人已經離開了花園。

「你們兩個頑皮蛋！」一回到前院，就見到天宮姊姊們雙手插腰，生氣地看著他們。「夫人有客人，你們還敢亂跑！」

見到後面幾個孩子在偷笑，想必是他們告了狀。

「對不起啦，姊姊們～」夏至與穀雨趕緊裝可愛，乞求姊姊們的原諒。

◇
◇
◇

幾天後，臨水夫人把夏至叫了過去，交代他該準備投胎了。

「咦？」夏至雖然高興，但也有點驚慌，「那穀雨呢？」

「穀雨？啊，你給那孩子起的名字啊。」臨水夫人笑了笑，「怪就怪你們貪玩，原先想讓你們修行到某個程度能當兄妹，可惜讓他見到了你，便率先安排了你的投胎行程。」

「他是誰啊……」

臨水夫人沒有回答，但想必也是大人物吧。

「總之快點準備吧，你得先下凡了。」

「穀雨她……我還能跟她見面嗎？」沒想到如此急匆匆，他甚至今天都還沒見到穀雨呢。

「有緣就能夠見面。就算今生不見，來生也有機會再見。」臨水夫人說著，人世間的緣分只在那一世，而靈魂的緣分是不會斷的。

夏至有聽沒有懂，心想臨水夫人說的話總是不會錯的。

儘管他很遺憾沒有辦法好好跟穀雨說再見，也知道一旦投胎後，現在的記憶也會全部消失。

可是他相信臨水夫人所說的，靈魂會記得這一切的，有緣，他們一定能夠再次相見。

於是，在一切的命運安排之下，他們的確再次相遇了。

重新編排的命運，使得他們成為了另一種關係，戀人。

# 後記

很開心又在這邊與大家見面啦～

希望大家喜歡這一本書，這好像也算是我首次嘗試這種風格的類型對吧？雖然不是第一次寫妖怪的故事，但是寫得這麼療癒好像是第一次。

我自己的想像是，大家在看的時候會有一種輕鬆閱讀，感覺像是在一個舒適的午後，於悠閒的時光一邊喝著茶，一邊享受微涼的風，靜心地看著這部作品。

希望這本書可以給你們這樣的感覺。

我很久以前就買了《山海經》的全套書籍，希望有天能夠寫出妖怪的故事。不過隨著時間過去，購買的妖怪知識書越來越多，卻一直沒有辦法好好寫成一本書。

這次有機會能夠讓妖怪與戀愛結合，且不是恐怖類型，而是充滿溫柔與陪伴。

我很喜歡《妖怪聯絡簿》這部漫畫，一直也希望能寫出如同那樣溫暖又療癒的故事，更不得不提《螢火之森》，原先也想走那樣消失以及分開的結尾，可是，寫到了最後，卻覺得何必呢？既然都是療癒取向了，為什麼還要讓他們兩人分開？

最後就是你們看到這樣的啦，上天憐憫了他們，畢竟這有點算是命運的操弄之下形成的最好結局。

最後還是要說，謝謝你們購買了這本書，也謝謝你們看完了這本書。

感謝小世這段時間的包容與體諒。這本和上一本講述姊妹親情的《對

你說的謊》距離也有好長一段時間了，中間我經歷了懷孕和生產，變成了人母，腦子也逐漸成為了漿糊。

很高興可以寫出這一本故事，在我的想像之中，這是一本能夠一口氣讀完的小說。要是你看完願意來跟我分享感想，那就太好了。

那我們就下次見囉～

# 喜歡的人是山中一隻鬼

作者 MISA
插畫 ZaviR鱷魚
責任編輯 鄭世佳 Josephine Cheng
責任行銷 鄧雅云 Elsa Deng
封面裝幀 木木Lin
版面構成 黃靖芳 Jing Huang
校對 許世璇 Kylie Hsu

發行人 林隆奮 Frank Lin
社長 蘇國林 Green Su

總編輯 葉怡慧 Carol Yeh
主編 鄭世佳 Josephine Cheng
行銷經理 朱韻淑 Vina Ju
業務處長 吳宗庭 Tim Wu
業務專員 鍾依娟 Irina Chung
業務秘書 陳曉琪 Angel Chen
莊皓雯 Gia Chuang

發行公司 悅知文化 精誠資訊股份有限公司
地址 105台北市松山區復興北路99號12樓
專線 (02) 2719-8811
傳真 (02) 2719-7980
網址 http://www.delightpress.com.tw
客服信箱 cs@delightpress.com.tw
ISBN 978-626-7537-18-3
建議售價 新台幣340元
首版一刷 2024年10月



國家圖書館出版品預行編目資料

喜歡的人是山中一隻鬼/Misa著. -- 初版. -- 臺北市：悅知文化精誠資訊股份有限公司, 2024.10
272面；12.8X19公分
ISBN 978-626-7537-18-3(平裝)
863.57　　113012683

建議分類｜華文創作、小說、愛情小說